バタフライ

サイトウトシオ

DRAMA Selection

十代に贈るドラマ

晩成書房

バタフライ●サイトウトシオ DRAMA Selection 十代に贈るドラマ●もくじ●

イラスト——石川典嗣

なつの思い出

太平洋戦争が終わって四年後の一九四九年（昭和二十四年）のドラマです。

■登場人物

尾崎奈津美（小林芳子）　尾崎家長女　みんなから「なつ」と呼ばれていた。
　現在は、素性を隠し小林芳子と名乗っている。（中学校三年生）
尾崎奈津美（回想）
尾崎由紀子（小林美雪）　尾崎家次女　現在は、素性を隠し小林美雪と名乗っている。（中学校一年生）
尾崎響輝《ひびき》　作曲家　軍隊から脱走した後、死亡したと報告されている。

瀬川夏子　瀬川家四女　みんなから「なつ」と呼ばれている。（小学校一年生）
瀬川春代　瀬川家長女　（中学校三年生）
瀬川秋絵　瀬川家次女　（小学校六年生）
瀬川冬美　瀬川家三女　（小学校四年生）
瀬川治　瀬川家長男　太平洋戦争でアメリカの捕虜となり入院する。一年前に帰国。

鬼沢あかね（赤鬼）　春代の同級生　影で赤鬼と呼ばれている。

ナレーター1・2
少年・少女
男
コーラス隊

●昭和二十四年

爆撃音が響く。赤く染まった空の下、地面には子ども達が寝転がっている。子ども達は死んでいるようにも見える。日の光が差し込む。子ども達が一人、また一人起き上がる。日の光がまぶしい。子ども達は、今生きている喜びをからだ全体で表現する。子ども達は、一人また一人ハミングで『夏の思い出』を歌い始める。子ども達の中の瀬川夏子と尾崎奈津美が前に出てくる。夏子は手に虫取り網を持っている。

ナレーター1・2が登場して、夏子と奈津美の横に立つ。

ナレーター1　昭和二十四年。

ナレーター2　そう、昭和二十四年がこれから紹介する物語の時代背景です。

ナレーター1　太平洋戦争という長く暗いトンネルを抜け、ようやく日本に明るさが戻ってきたのが、昭和二十四年。

ナレーター2　怪人二十面相が登場する『少年探偵シリーズ』が戻ってきました。

ナレーター1　ラジオのど自慢番組が人気となり、明るい歌声が戻ってきました。

ナレーター2　五月には、懐かしいバナナも戻ってきました。

ナレーター1　そして、昭和二十四年六月十三日。

ナレーター2　ＮＨＫのラジオ番組『ラジオ歌謡』で、この曲が紹介されました。

ナレーター1　そう、現代までずっと歌い継がれることになる、この曲。

ナレーター2　『夏の思い出』。

ナレーター1　さて、これから私達が、『夏の思い出』のメロディーとともにお届けするのは、二人の「なつ」の物語。

夏子　「なつ」と

奈津美　「なつ」の

夏子・奈津美　『夏の思い出』

子ども達がコーラス隊となって『夏の思い出』一番を歌う。この後、この子ども達は、劇の中でコーラス隊として登場する。

最初は夏子が歌う。続いて奈津美が歌う。そして、一人また一人、歌に加わっていく。最後は全員の合唱となる。※最初はあえて斉唱で歌う。

夏子　♪夏がくれば　思い出す♪

奈津美　♪はるかな尾瀬　遠い空♪

子ども達　♪霧のなかに　うかびくる♪

♪やさしい影　野の小径♪
♪水芭蕉の花が　咲いている♪
♪夢見て咲いている　水のほとり♪
♪石楠花色に　たそがれる(フェルマータ)♪

歌の中で、瀬川家の春代、秋絵、冬美が登場する。そこに夏子も加わる。奈津美とコーラス隊が退場する。四人は最後のフレーズを子どもっぽい歌声で歌う。

夏子・春代・秋絵・冬美　♪はるかな尾瀬　遠い空♪

●なつ

春代　なんか、いい感じになってきたんじゃない。
夏子　はる姉ちゃん。一等賞とれるかな?
春代　「とれるかな」じゃなくって、とらなくっちゃ。
秋絵　また食べてみたいよね。
冬美　(うん) 前に食べたの、いつだったかな。
春代　(皮をむく動作) こうやって、一枚一枚皮をむいていくと、甘い香りが漂って。
秋絵　こうやって口の中に入れると、口の中が甘くなって。
春代・秋絵・冬美　あー。
夏子　ずるい、ずるい、ずるい。お姉ちゃん達だけ食べたことがあるなんてずるい。
春代　仕方ないでしょ、戦争でお店からなくなっちゃったんだから。
夏子　ずるい、ずるい、ずるい。なつも食べたい。
春代　なつ、のど自慢大会の一等賞は何?
夏子　バナナ……
春代　そう、バナナ。
秋絵・冬美　バナナかー。
夏子　一等賞とれば、なつもバナナが食べられるの?
春代　イエス。
夏子　やったー。
春代　みんないい。バナナを目指して、がんばるよ!
夏子・秋絵・冬美　おー!

四人が『夏の思い出』を歌い出す。

春代・秋絵・冬美・夏子　♪夏がくれば　思い出す　はるかな尾瀬　遠い空♪

春代、秋絵、冬美の三人が『夏の思い出』を口ずさみながら去っていく。夏子も帰ろうとするが、その時、蝶を見つける。夏子はその蝶を虫取り網で捕まえようとするが、蝶は逃げてしまう。夏子は、蝶を追いかけながら姉達が帰っていった方向とは反対の方向に走っていく。

尾崎奈津美が夏子を追いかけるように登場し、夏子が走っていった方向を見つめている。奈津美はわけあって、小林芳子という名前で生きている。彼女は手にその当時人気だった雑誌『少年』を持っている。

夏子が蝶を追いかけて再び戻ってくる。蝶は地面にとまったようだ。夏子は息を殺してその蝶に近づいていく。奈津美はそんな夏子を見つめている。夏子が虫取り網を振り下ろす。夏子の目が輝く。夏子は蝶を捕まえたようだ。夏子はその蝶を手に取って、嘆息を漏らす。そして、しばらく蝶を見つめた後、それを逃がす。夏子はうっとりと飛び去る蝶を見ている。奈津美は夏子の背後に歩いていき声をかける。

奈津美　きれいな蝶だったね。

夏子は振り向いて奈津美を見つめる。

奈津美　羽根が青く光ってた。
夏子　ウラジロミドリシジミだよ。
奈津美　ウラジロミドリシジミ？　それって珍しい蝶なの？
夏子　この辺じゃ七つ森にしか棲んでいないの。でね、ウラジロは、夏のこの季節にだけ見られて、夕方になると飛び始めるの。
奈津美　そんな珍しい蝶、なんで逃がしちゃったの？
夏子　なつ、またウラジロに会いたいから。
奈津美　「なつ」？「なつ」って、あなたの名前？
夏子　名前は夏子。瀬川夏子だよ。でも、みんな「なつ」のこと「なつ」って呼ぶの。
奈津美　ねっ、「なっちゃん」って呼んでいいかな。
夏子　いいよ。
奈津美　なっちゃん。
夏子　何？
奈津美　なっちゃんは、何歳？
夏子　七歳だよ。お姉ちゃんは？
奈津美　私は十五歳。名前は、小林芳子。
夏子　それじゃ、よし姉ちゃんだね。
奈津美　よし姉ちゃんか……いいね、それ。
夏子　ねっ、それ、何？
奈津美　『少年』。（あっ）男の子の雑誌読んでるって変かな？

夏子　変じゃないよ。なつのうちも毎月、兄ちゃんがそれ買ってるよ。それでね、なつまだ字がよく読めないでしょ。だから、治兄ちゃんが、なつに読んでくれるの。

奈津美　なっちゃんのお兄さんの名前、「治」っていうんだ。

夏子　うん。

奈津美　ねっ、治兄さんは、何を読んでくれるの？

夏子　『青銅の魔神』

奈津美　江戸川乱歩の『少年探偵シリーズ』だね。実は、私も、『青銅の魔神』が読みたくってこれ買ってるんだ。これ、今日発売だよ。

夏子　あのね、治兄ちゃん、ずっと『少年探偵シリーズ』の大ファンだったんだよ。

奈津美　もしかして、戦争が始まる前に『少年倶楽部』に連載されていた、昔の『少年探偵シリーズ』持ってるとか。

夏子　(首を振る)ずーっと前は全部そろってたんだけど、戦争の時全部燃やされちゃったんだって。

奈津美　戦争の時は、『少年探偵シリーズ』って読むこと禁止されてたからね。

夏子　どうして戦争の時は読んじゃいけなかったの？

奈津美　『少年探偵シリーズ』には怪人二十面相っていう盗賊が出てくるから。

夏子　怪人二十面相？

奈津美　あっそっか、『青銅の魔神』には怪人二十面相出てきてないからね。

夏子　怪人二十面相って、どんな人なの？

奈津美　怪人二十面相は、変装の名人なの。二十の顔を持っていて、どれが本当の顔なのか誰も知らないの。怪人二十面相は盗みの天才で、宝石だとか美術品を「盗みますよ」って予告して盗んでいくの。『青銅の魔神』にもこの後きっと出てくるよ。

夏子　いつ出てくるのかな？

奈津美　もしかしたら、もう出てきてるのかも。私、青銅の魔人の正体は怪人二十面相だって思ってる。

夏子　でも、青銅の魔人は青い機械のからだを持った怪物だよ。

奈津美　怪人二十面相は怪物にだってなれるの。

夏子　へー。でも、何で怪人二十面相が出てくることで、読んじゃいけないことになったの？

奈津美　戦争の時、先生はこんなふうに言ってた。「日本は、怪人二十面相のように人のものを盗む悪い人が一人もいない国です。みなさんは、怪人二十面相が出てくるような間違ったことが書かれている話を読んではいけません」

夏子　日本には盗みをする人、いなかったんだね。

奈津美　そういうことになってたね。私の周りにはたくさんいたけど。
夏子　盗みをすることと人を殺すことってどっちが悪いことなの？
奈津美　それは、人を殺すことに決まってるよ。
夏子　でも、戦争の時って、みんな敵の国の人を殺しに行ったんでしょ？
奈津美　戦争の時は、そうだね。
夏子　人を殺すことは悪いことじゃなかったの？
奈津美　戦争で人を殺すことは、それが敵だったらすっごくいいことだったから。
夏子　敵も人でしょ？　でもいいことだったの？
奈津美　……そうだね。
夏子　怪人二十面相は戦争に行ったの？
奈津美　……どうかな。怪人二十面相はお話の中の人だからね。でも、もし、怪人二十面相がこの世界で生きていたら、得意の変装で戦争から逃げたかもしれないね。
夏子　どうして？
奈津美　怪人二十面相は、血が嫌いで、人を傷つけたり、殺したりは絶対しないの。だから人を殺すのが嫌で、戦争から逃げたかもしれないなって……
夏子　怪人二十面相は弱虫なの？
奈津美　弱虫？
夏子　うん。だって、戦争の時は人を殺さなくちゃいけないのに、殺せないんでしょ。そして、人を殺すのが嫌で戦争から逃げちゃうんでしょ。それって弱虫だからじゃないの？
奈津美　怪人二十面相が弱虫か……
夏子　治兄ちゃんは、戦争に行ったよ。
奈津美　それで、今どうしているの？
夏子　一年前に、日本に帰ってきたの。戦争中に大けがして、海の向こうでずっと病院にいたんだって。
奈津美　よかったね、生きて帰ってこられて。
夏子　うん。
奈津美　さっき、一緒に歌を歌ってたのはお姉さん達？
夏子　うん。はる姉ちゃんに、あき姉ちゃんに、ふゆ姉ちゃんだよ。なつ、お姉ちゃん達と一緒に、夏祭りののど自慢大会に出るの。だから、その練習してたの。
奈津美　のど自慢大会って、いつなの？
夏子　今度の日曜日。
奈津美　『夏の思い出』、歌うの？
夏子　うん。なつ、『夏の思い出』大好きだよ。
奈津美　私も、大好き。
夏子　なつ、絶対一等賞とる。

奈津美　一等賞は何なの？
夏子　バナナ！
奈津美　バナナなんだ。
夏子　ねっ、よし姉ちゃんはバナナ食べたことある？
奈津美　あるよ。でも、ずっとずっと前のことだけどね。
夏子　おいしかった？
奈津美　おいしかった。
夏子　いいなー。なつ、バナナ食べたことないの。
奈津美　なっちゃん、のど自慢大会で一等賞がとれるといいね。
夏子　うん。あっ、もう帰らなくちゃ。なつ、帰ったら、治兄ちゃんに『青銅の魔神』読んでもらうんだ。
奈津美　なっちゃん。
夏子　……
奈津美　私ね、怪人二十面相って弱虫じゃないって思う。
夏子　……
奈津美　たとえそれが戦争の時でも、人を殺せないこと、弱虫とは違うと思う。
夏子　戦争から逃げることも？
奈津美　……うん、逃げることも……
夏子　よし姉ちゃん、怪人二十面相が好きなんだね。
奈津美　怪人二十面相が好き……

夏子　よし姉ちゃん、さよなら。
奈津美　さよなら、なっちゃん

夏子が『夏の思い出』を口ずさみながら帰っていく。

「♪夏がくれば　思い出す　はるかな尾瀬　遠い空♪」

夏子と入れ替わるようにコーラス隊が登場して、夏子の歌の後を継いで、ハミングで歌う。コーラス隊と一緒にナレーター1・2が登場する。

●もう一人のなつ

ナレーター1　さて、「二人のなつの物語」と言いながら、まだ「なつ」は一人しか登場していません。
ナレーター2　もう一人の「なつ」は、いったいいつ登場するのでしょうか。
ナレーター1　実は、もう一人の「なつ」はすでに登場しているのです。
ナレーター2　それは、
奈津美　私です。私の本当の名前は、尾崎奈津美。みんなから「なつ」って呼ばれていました。わけあって、小林芳子という名前で生きています。私は中学三年生です。

ナレーター1　ちなみに、昭和二十四年は現在の学校制度が完成した年です。

ナレーター2　それまでは、中学校は男子のための学校でした。

ナレーター1　二年前の昭和二十二年に、日本初の女子の中学生が誕生しました。

ナレーター2　でも一年生だけ。

ナレーター1　女子の中学生が一年から三年まで揃ったのは昭和二十四年。

ナレーター2　というわけで尾崎奈津美は日本初の女子の中学三年生です。

そこにもう一人の少女が登場して、奈津美の隣で静止する。

ナレーター1　奈津美の妹・由紀子です。彼女もわけあって、小林美雪という名前で生きています。

ナレーター2　彼女は中学一年生です。

コーラス隊が退場する。

由紀子　なつ姉ちゃん。

奈津美　だめだよ、私のことなつ姉ちゃんって呼んじゃ。二人でいるときも、本当の名前は使わないって決めたでしょ。

由紀子　そうだったね。それで、何か収穫あった？

奈津美　やっとたどり着いた。瀬川治が住んでるのは、ここだ。

由紀子　ここなんだ。ねっ、治って人、なんで兄さん捜しているのかな？

奈津美　もうすこしでたどり着けるんじゃない、その真実に。

奈津美と由紀子が静止する。

ナレーター1　二人が瀬川治を探し始めたのは、『尋ね人の時間』を聞いたからです。

ナレーター2　『尋ね人の時間』は、戦争で行方がわからなくなった人を捜すラジオ番組です。

ナレーター1　その『尋ね人の時間』で、二人の兄・尾崎響輝《ひびき》を捜しているという放送が流れたのです。

ナレーター2　こんなふうに。

ナレーター1　「第三十二軍部隊に所属していた尾崎響輝さんを捜しています。私は、同じ部隊に所属していた東京都の七つ森市に住む瀬川治です。戦時中に受けたご恩に対して、どうしてもお届けしたいものがあります。尾崎響輝さんの消息をご存じの方は、日本放送協会の『尋ね人』の係へご連絡下さい」

奈津美　瀬川治って誰？

由紀子　なぜ、響輝兄さんを捜しているの？

ナレーター2　二人はその答えを探しに、瀬川治が住んでいるここ七つ森にやってきたのです。

由紀子　瀬川治に会いに行こうよ。

奈津美　まだ早いよ。これが、罠だったらどうするの？

由紀子　罠？

奈津美　いい、響輝兄さんは、戦場から逃げたんだよ。ずっと警察に追われていたんだよ。忘れたわけじゃないでしょ。響輝兄さんが戦場から逃げたことで、私達家族がどんな目にあったか。

由紀子　それは、忘れてないよ……

奈津美と由紀子が過去を思い出す。二人の前に、記憶の中の少年・少女達が登場する。彼らは奈津美と由紀子を見て、何やらひそひそ話を始める。時折、二人に向かって眉を顰めるような表情を見せる。

少年1（回想）　非国民。

少年2（回想）　非国民。

少年達（回想）　非国民。

彼らは、奈津美と由紀子に対して「非国民」と叫びながら石を投げ始める。彼らは笑いながら退場する。一人の男が登場し、奈津美の前に立ち、何かを手渡す。

奈津美（回想）　これ……

男（回想）　おまえの兄・尾崎響輝は、戦死した。

奈津美（回想）　兄さんが……

男（回想）　おめでとう。

奈津美・由紀子（回想）　……

男が退場する。

ナレーター1　この後、奈津美の家族は名前を変えて、誰も自分達のことを知らない町に住むことになったのです。

ナレーター1・2が退場する。

奈津美　瀬川治がどんな人か、もう少し調べてみよう。
由紀子　どうやって？
奈津美　今度の日曜日、瀬川治の妹四人が、のど自慢大会に出るんだ。そのメンバーに入れてもらうの。
由紀子　入れてもらえるの？
奈津美　いい、私達は作曲家・尾崎響輝の妹なんだよ。私達が本気で歌えば、のど自慢大会で優勝できる。
由紀子　歌を歌うの封印するんじゃなかったの？　正体がばれないために。
奈津美　戦争は終わったの。封印を解いて二重唱で歌おう。
由紀子　何を歌うの？
奈津美　『夏の思い出』。
由紀子　あー、いい歌だね。
奈津美　『夏の思い出』、即興で二重唱にするよ。
由紀子　わかった。

奈津美が『夏の思い出』を歌い始める。由紀子がそれに途中から加わる。

奈津美・由紀子　「♪夏がくれば思い出す　はるかな尾瀬遠い空♪」

そして、次のフレーズから二重唱となる。

奈津美・由紀子　「♪霧の中に浮かびくる　やさしい影　野の小径♪」

夏子が登場する。

●尾瀬

奈津美・由紀子　「♪水芭蕉の花が　咲いている♪」
夏子　よし姉ちゃん。

奈津美は夏子に歌いながら挨拶をする。夏子は奈津美と由紀子の前に座り、二人の歌を聞く。

奈津美・由紀子　「♪夢見て咲いている水のほとり♪」
夏子　わー、魔法みたい。
奈津美・由紀子　「♪石楠花色に　たそがれる♪」

夏子　なつも歌いたい。

奈津美・由紀子　「♪はるかな尾瀬♪」

夏子　「(ここで立ち上がって前を向いて)♪おぜー♪」

奈津美・由紀子・夏子　「♪遠い空♪」

夏子　なつ、尾瀬に行ってみたいな。

奈津美　尾瀬ってとってもすてきなところだよ。

夏子　よし姉ちゃん、尾瀬に行ったことあるの？

奈津美　うん。由紀子もあるよね。

由紀子　はっきりは覚えてないけどね。

夏子　ねっ、話して。尾瀬のこと。

コーラス隊が登場して、『夏の思い出』をハミングで歌い出す。奈津美が尾瀬を思い出す。思い出の中の奈津美が登場する。

奈津美　そこは黄色いお花畑で、そのお花畑がずっとずっと向こうの方まで続いてるの。その真ん中に私が座っていて、その隣に……

思い出の中の響輝が、思い出の中の奈津美の隣に立つ。響輝はスケッチブックを持っている。

奈津美　兄さんがいた。

奈津美(回想)　わー、黄色いお花でいっぱいだ。

響輝(回想)　この黄色い花は、ニッコウキスゲだよ。

奈津美　黄色い花はニッコウキスゲ。

奈津美(回想)　響輝兄ちゃん、何してるの？

響輝(回想)　音楽を創ってる。

奈津美(回想)　音楽？

響輝(回想)　なつ、耳をすませてごらん。ほら聞こえてくるだろ。

奈津美(回想)が耳をすませる。すると鳥の囀りがシャワーのように降り注いでくる。

奈津美(回想)　うん。

響輝(回想)　ここは音楽で満ちあふれてる。ここにいると、からだの中が音楽でいっぱいになるんだ。

奈津美　尾瀬は音楽で満ちあふれてた。

奈津美（回想）　トンボ、たくさんのトンボ。青いトンボもいる。黄色いトンボもいる。あー、あのトンボ、顔のところが真っ白。

響輝（回想）　なつ。ここはトンボの楽園だ。

奈津美　尾瀬はトンボの楽園で、たくさんのトンボが水芭蕉にとまってた。

夏子　水芭蕉の花、夢見て咲いてた？

奈津美　（首を横に振る）

奈津美（回想）　この大きい葉っぱは何？

響輝（回想）　水芭蕉だよ。

奈津美（回想）　水芭蕉？　この葉っぱ、なんかお化けみたい。

響輝（回想）　お化けか、それいいな。

奈津美　水芭蕉の花は終わってて、葉っぱがこんな（両手で表現して）お化けみたいに大きくなってた。

夏子　へー。

奈津美　兄さん、尾瀬で描いた水芭蕉の絵を、見せてくれたの。

夏子　水芭蕉ってどんな花なの。

響輝がスケッチブックに描いた絵を奈津美（回想）に見せる。

奈津美（回想）　わー、白い妖精みたい。

奈津美　兄さんが描いた水芭蕉は、白い妖精みたいだった。

奈津美（回想）　水芭蕉の花はいつ咲くの？

響輝（回想）　五月の終わり頃、尾瀬は水芭蕉の花でいっぱいになるんだ。

奈津美（回想）　なつ、見てみたい。

響輝（回想）　よし、今度は水芭蕉の花が咲く頃に、尾瀬に行こう。

奈津美（回想）　うん。

響輝（回想）　でも、その時まで、尾瀬のお花畑、残ってるかな。

奈津美（回想）　どういうこと？

響輝（回想）　尾瀬にダムを造る計画があるんだ。ダムができると尾瀬は水の底に沈んじゃうんだ。

奈津美（回想）　なつ、そんなのやだ。尾瀬はずっとずっと今のままのお花畑がいい。トンボの楽園がいい。

響輝（回想）　……

ここでコーラス隊と回想の中の奈津美と響輝が退場する。

奈津美　尾瀬ってなくなっちゃうのかな……

夏子　尾瀬がなくなっちゃう？

奈津美　兄さん、尾瀬はダムの底に沈んじゃうって言ってた。

由紀子　そうなったら『夏の思い出』、悲しい歌になっちゃうね。

夏子　なつ、そうならないといいな。

奈津美　ねっ、どうしてのど自慢大会の歌に『夏の思い出』を選んだの？

夏子　治兄ちゃんのお気に入りなの。はじめて『夏の思い出』聞いた時、体中に電気が流れてびりびりしたんだって。それでね、その次の日、一人で尾瀬に行ったんだよ。

奈津美　尾瀬に行ったんだ。

夏子　でね、治兄ちゃん、すごく元気になって戻ってきたの。尾瀬が治兄ちゃんを元気にしたのかな。実はね、今度の日曜って、治兄ちゃんの誕生日なの。それで、お姉ちゃん達と相談して、のど自慢大会で一等賞とって、バナナを贈ることにしたの。でも、一等賞とれるかな？

奈津美　なっちゃん、私達二人が一緒に歌うってどうかな？

夏子　一緒にのど自慢大会に出てくれるの？

奈津美　（うなずく）

夏子　お姉ちゃん達、きっと喜ぶよ。待ってて、今、お姉ちゃん達、呼んでくるから。

夏子が姉達を呼びにいく。

奈津美　治さんって、響輝兄さんと似てない？

由紀子　似てるね。

奈津美　そんな二人が出会ったら？

由紀子　きっと仲良くなったよね。

奈津美　しかし、そんな二人を戦争が引き裂いた。響輝兄さんは、戦場から逃げ出し、警察に追われ、死んでしまった。瀬川治は、大けがをして海の向こうで入院生活を送り、一年前に日本に戻ってきた。

由紀子　そして、響輝兄さんを捜し始めた。

奈津美　(考え込んで)瀬川治は、響輝兄さんが戦場から逃げた理由を知ってる。

由紀子　なんか、どきどきする。

奈津美　由紀子。なっちゃんがお姉さん達を連れて戻ってくる前にもう一回『夏の思い出』練習するよ。

由紀子　わかった。

奈津美・由紀子　「♪夏がくれば思い出す　はるかな尾瀬遠

い空♪」

コーラス隊が登場して、ハミングで『夏の思い出』を歌う。

ナレーター１・２もコーラス隊と一緒に登場する。

ナレーター1　こうして、二人は、瀬川家の姉妹に加わってのど自慢大会に出場することになったのです。

ナレーター2　そして、のど自慢大会の本番がやってきました。

夏子、春代、秋絵、冬美が登場する。その四人に奈津美と由紀子が加わり一列に並ぶ。夏子は虫取り網を持っている。コーラス隊はのど自慢大会の観客として、夏子たちの前に座る。観客が拍手をする。奈津美が一歩前に出て、一人で『夏の思い出』を歌い始める。

奈津美　♪夏がくれば　思い出す　はるかな尾瀬　遠い空♪

由紀子が加わり二重唱となる。

奈津美・由紀子　♪霧のなかに　うかびくる　やさしい影　野の小径♪

観客がそのハーモニーの美しさにどよめく。瀬川家の姉妹達が歌に加わる。

全員　♪水芭蕉の花が　咲いている♪

♪夢見て咲いている　水のほとり♪

♪石楠花色にたそがれる　はるかな尾瀬♪

そこまで歌ったところで、突然、春代が倒れる。

夏子・秋絵・冬美　はる姉ちゃん！

みんなが春代の周りを囲む。観客が退場する。

●赤鬼

春代が目を開ける。

春代　……あいつのせいだ。あいつのせいでバナナが……

夏子　バナナ……

秋絵　はる姉ちゃん、あいつって？

春代　赤鬼。

みんな　赤鬼！
春代　柱の陰から、赤鬼が見てたんだ。
秋絵　なんで赤鬼、のど自慢大会見に来たのかな？　戦争が終わった後、この町から出てったのに。
夏子　みんな、大丈夫？　赤鬼なんていないんだよ。
春代　なつ。赤鬼は鬼沢あかねっていういやーな奴のあだ名。
秋絵　怒ると顔が真っ赤になるの。だから赤鬼。
春代　赤鬼のやつ、すっごい顔して私達の歌を聞いていたんだ。それ見た瞬間、みんなで『ふるさと』を歌った、あの日のこと思い出しちゃって。
夏子　あの日？

ナレーター１・２が登場する。

ナレーター1　夏子はまだ小さかったので、あの日のことは覚えていませんでした。
ナレーター2　夏子が「教えて」とせがむので、春代は、思い出したくないあの日のことを話し始めました。
ナレーター1　あの日。それは、兄の治が、戦争に行った数日後のことでした。

春代、秋絵、冬美、夏子の四人が歩いている。夏子は春代と手をつないでいる。

春代(回想)　(空を指さして) 治兄ちゃんに、歌を届けよう。
冬美(回想)　何を歌うの？
春代(回想)　治兄ちゃんが大好きだった『ふるさと』。
秋絵・冬美・夏子(回想)　うん。

四人が『ふるさと』を明るく元気に歌う。「うさぎおいしかの山　こぶな……」そこまで歌った時、鬼沢の声が響く。

鬼沢(回想)　やめろ！

その声に、四人は固まってしまう。

鬼沢(回想)　あのさ、今、日本がどんな状況なのかわかってないの？　あんた達が今歌っていた『ふるさと』は、教科書から消された歌なんだよ。『ふるさと』がなぜ教科書から消されたかわかる？

春代・秋絵・冬美が小声で話し出す……

鬼沢(回想)　わからないの⁉

四人は恐怖で再び固まってしまう。

鬼沢(回想)　『ふるさと』って歌、故郷《ふるさと》を懐かしむ歌でしょ。そんな歌を歌うことは、お国のために命を捨てる覚悟で戦ってる兵隊さんに失礼だよね。そう思わない？

春代・秋絵・冬美(回想)　思います！

鬼沢(回想)　そう思うなら、『露営の歌』を歌いなよ。『露営の歌』の三番で、兵士の夢に出てきた父親が、息子にかける励ましの言葉って何だか言える？

春代(回想)　「死んで帰れ」

鬼沢(回想)　そう、父親は、息子に「死んで帰れ」って励ますの。あんた達が、本当に兄さんのことを思うなら、「死んで帰れ」って願いなよ。それが、本当の励ましの言葉じゃない。

夏子が泣き出す。続いて冬美、秋絵が泣き出す。

鬼沢(回想)　泣くな！

秋絵と冬美が固まる。泣き止まない夏子の口を春代が押さえる。

鬼沢(回想)　戦地でつらい思いをしている兵隊さんのことを思ったら、泣くなんてできないよね。私の兄さんは、特攻で死んだの。敵艦に体当たりして堂々と死んだの。でも、私は泣いたりしない。もちろん、笑うなんてありえない。私達は、泣いたり、笑ったりしちゃ駄目なの。わかった？

春代・秋絵・冬美(回想)　はい……

鬼沢(回想)　返事が小さい！

春代・秋絵・冬美(回想)　はい！

鬼沢(回想)　そう、それでいい。

ナレーター1　数日後、赤鬼が夏子の家に乗り込んできました。

ナレーター2　戦争の時、読むことを禁止されていた『少年探偵シリーズ』をみんなで楽しく読んでいたことがばれたからです。

鬼沢(回想)　おまえ達は、このご時世に、家の中でこっそり少年探偵団の話、読んでるそうだな。それが載ってる『少年倶楽部』、全部ここに出しな。

春代(回想)　どうするの？

鬼沢(回想)　没収して、全部燃やす。

春代（回想）　あれは、戦争に行った治兄ちゃんの宝物なの。
鬼沢（回想）　だからどうなの？
春代（回想）　……
鬼沢（回想）　だからどうなのって聞いてるの。
春代・秋絵・冬美・夏子（回想）　……
鬼沢（回想）　おまえ達にとってどれだけ大切かなんて関係ない。少年探偵団の話は読んではいけないことになってるの。だから、没収して、全部燃やす。

ナレーター1　赤鬼は、『少年探偵シリーズ』が載っている、『少年倶楽部』を全部持っていきました。

鬼沢が退場する。

夏子　なつ、赤鬼が許せない。
春代　許せないって、どうする気？
夏子　赤鬼と戦う。
春代　なつ！
夏子　……
春代　赤鬼は、なつ一人で戦える相手じゃないよ。
夏子　でも！
由紀子　私、いいこと思いついた。ねっ、みんなで少女探偵団作らない。
春代　少女探偵団？
由紀子　少年探偵団みたいに、みんなで力を合わせれば、私達でも赤鬼に勝てるよ。
春代　よし、少女探偵団で赤鬼と戦おう！
秋絵・冬美・夏子・由紀子　おー。
夏子　（夏子が蝶に気が付く）あっ、ウラジロ。

夏子が蝶を追いかけていく。

春代　なつ！　なつ！
秋絵　はる姉ちゃん。蝶を追いかけてる時は、なつ、何も聞こえないよ。
由紀子　（春代達に）ねっ、作戦考えようよ。どうやって赤鬼を退治するか。
春代　（由紀子に）うちに来て。みんなで赤鬼退治の作戦たてよ（う）。

春代・秋絵・冬美は、夏子が向かった方向と反対方向に走っていく。由紀子は春代達の後を追っていく。奈津美はしばらく考えた後、夏子を追っていく。

夏子が蝶を追って登場する。蝶は地面にとまったようだ。夏子が忍び足で、蝶に近づいていく。夏子が虫取り網で蝶を捕まえる。そして、今回もそれを逃がす。蝶が飛んでいく先に鬼沢あかねが立っている。

夏子　……

鬼沢　夏子か？

夏子　……

鬼沢　ずいぶん大きくなったな。

夏子　何で、なつのこと知ってるの？

鬼沢　四年前この町に住んでたから。おまえは私のことなんて覚えてねーだろうな。

夏子　……赤鬼？

鬼沢　おまえ、覚えてるのか？

夏子が後ずさりして、逃げようとする。

鬼沢　待てよ！

あまりに強いその口調に、夏子は動けなくなってしまう。そこに、奈津美が登場する。夏子は奈津美に飛びつく。

奈津美　なっちゃん、どうしたの？

夏子　（鬼沢を指さす）

奈津美　……鬼沢さん？

鬼沢　私のこと知ってんだ。

奈津美　なっちゃんをどうする気？

鬼沢　どうするって、こいつを返しに来たんだよ。

奈津美　返す？

鬼沢が、夏子の目の前までずんずん歩いていく。

鬼沢　ほら。

そう言って一冊の雑誌を二人の前に突き出す。

奈津美　（手に取って）『少年倶楽部』、それも昭和十一年一月号。これって、『少年探偵シリーズ』の第一作『怪人二十面相』の連載が始まった時の『少年倶楽部』じゃない。

鬼沢　『怪人二十面相』のところ見てみろよ。

奈津美が『怪人二十面相』のページを開ける。

奈津美　「なつへ」

夏子　「なつへ」？
奈津美　ページの隅にぎっしり文字が書かれてる。これ書いたの、なっちゃんのお兄さんだね。
夏子　治兄ちゃんからの、手紙なの？
奈津美　未来のなっちゃんにあてた手紙だね。今が、その未来だけど。
夏子　（奈津美に）ねっ、読んで。なつ、まだ字、よく読めないの。
奈津美　（うなずく）
奈津美　（『少年倶楽部』の余白に書かれている文章を読み始める）「なつへ。なつは、今でもみんなから、なつって呼ばれてるのかな」
夏子　うん。
奈津美　「兄ちゃんはこれから戦争に行く。戦場に夏が来たら、兄ちゃんはきっと、なつを思い出すだろう」
夏子　なつを？
奈津美　「なつは覚えてるだろうか。兄ちゃんと行った尾瀬を。湿原を黄色く染めたニッコウキスゲを」
夏子　なつも、尾瀬に行ったことあるの？
奈津美　「なつは覚えてるだろうか。今日、七つ森で初めて出会ったウラジロを」
夏子　ウラジロ……（記憶を手繰り寄せて）そっか、治兄ちゃん、それ、あの日に書いたんだ。
奈津美　あの日？
夏子　治兄ちゃんが、旅に出かけた日。

夏子があの日を思い出す。コーラス隊が登場して『夏の思い出』をハミングで歌う。夏子が見つめる先に思い出の中の治が登場する。治は、七つ森を見つめている。夏子はここからは思い出の中の夏子になる。

夏子（回想）　治兄ちゃん、何してるの？
治（回想）　（七つ森を見ている）七つ森、目に焼き付けておこうと思って。
夏子（回想）　どうして？
治（回想）　しばらく旅に出るんだ。
夏子（回想）　なつも一緒に行く。
治（回想）　なつは一緒に連れていけないんだ。
夏子（回想）　いつ帰ってくるの？
治（回想）　いつになるのかな？

その時、治は飛んでいる蝶に気づく。治は、夏子の虫取り網を手に取って、空中で網を操り蝶を捕まえる。治が網から蝶を取り出す。

治(回想)　(驚いて)　ウラジロだ。

夏子(回想)　ウラジロ？

治(回想)　ウラジロミドリシジミ。七つ森にこの蝶がいたなんて。

夏子(回想)　珍しいの？

治(回想)　図鑑でしか見たことない。こんな日に、こいつと出会えるなんて……

治は、そう言った後、蝶を逃がす。

夏子(回想)　治兄ちゃん、どうして逃がしちゃったの？

治(回想)　この森に戻ってきて、もう一度ウラジロに会いたいから。

治とコーラス隊が退場する。夏子(回想)は、現在の夏子になる。

夏子　治兄ちゃん、あの日、戦争しに行ったんだね。

奈津美　(うなずいて)　続き読むよ。

「なつ、七つ森には今でもウラジロが飛んでいるかい？」

夏子　うん。

奈津美　「手紙に『死にたくない』なんて書いたら大変なことになる。だから本当の気持はここに書くことにした。死にたくない。生きて帰りたい。そして、家族みんなにまた会いたい。なつに会いたい」

夏子　治兄ちゃん、生きて帰れたね。またなつに会えたね。

奈津美　「それでは、なつ、お元気で。なつのことが大好きな、治兄ちゃんより」

夏子　……

鬼沢　情けない手紙だと思ったよ。

奈津美　どうして、燃やさなかったの？

鬼沢　そいつを持ってこいつらのところにまた怒鳴り込もうって思ったんだ。それでそいつだけ燃やさなかった。でも、怒鳴り込む前に、戦争が終わった。日本は戦争に負けた。その日から、特攻で死んだ兄さんは英雄じゃなくなった。私達家族がお国のためにやってきたことは、全部否定された。みんなから恨まれていた私達家族は、この町を出て行くしかなかった。

そんな時、こいつの兄貴の手紙をもう一度読んだ。そして思ったんだ、私の兄さんも、本当は特攻なんかで死にたくなかったんじゃないか。本当は私達家族にそんな手紙を書きたかったんじゃないかって。

夏子　どうして、これ届けてくれたの？

鬼沢　『尋ね人の時間』を聞いて、『少年倶楽部』の持ち主が戦争から生きて帰ったことがわかっちまった。そいつを、私が持っててもじゃまなだけだろ。
夏子　どうしてのど自慢大会、見てたの？
鬼沢　気づいてたのか。
夏子　気づいたのは、はる姉ちゃん。鬼沢さん、はる姉ちゃんのこと見て、すごい怖い顔をして怒ってたでしょ。それで、はる姉ちゃん、怖くて倒れちゃって、一等賞のバナナとれなかったの。
鬼沢　私が怒ってるように見えたのか？
夏子　怒ってたんじゃなかったの？
鬼沢　怒ってなんていねーよ。怒ってたんじゃなくって……
夏子　……
鬼沢　まっ、そんなことどうでもいいけどな……
夏子　……
鬼沢　おまえ達が歌ってた歌、何て歌だ？
夏子　『夏の思い出』だよ。
鬼沢　『夏の思い出』か。……戦争のおかげで、私の夏の思い出は悪い思い出ばかりだ。春代に伝えといてくれ。「のど自慢大会、邪魔して悪かったな」って。それにしても私って、いつまでたっても疫病神だよな。
夏子　疫病神？
鬼沢　私がいると悪いことばかり起こる。でも、安心しろ。もうこれ以上、悪いことが起こらねーように、今すぐ帰るから。もう二度とここには戻ってこねーから。
夏子　……
鬼沢　じゃあな。

そう言って、鬼沢が帰り始める。

夏子　待って！

鬼沢が止まる。

夏子　（鬼沢の前まで走って行って）ありがとう。

鬼沢が振り返る。

鬼沢　おまえ、馬鹿じゃねーか。なんで、「ありがとう」なんだよ。
夏子　鬼沢さん、治兄ちゃんがなつに贈ってくれた言葉、届けてくれた。（鬼沢の前まで歩いていき）だから、ありがとう。

鬼沢　ありがとうか……

鬼沢がこぶしを握り締める。鬼沢のからだがこわ張る。

夏子　怒ってるの？

鬼沢　（怒鳴って）怒ってなんかいねーよ。

夏子　でも、怖い顔してる。

鬼沢　おまえが、「ありがとう」なんて言うからだよ。

奈津美　鬼沢さん、のど自慢大会の時も、今と同じ気持ちだったんじゃない？

鬼沢　……

奈津美　怖い顔してたんじゃなくて、涙、こらえてたんじゃない？

鬼沢　おまえに何がわかるんだ！

奈津美　私、『夏の思い出』初めて聞いたとき、泣きたくなった。あんな明るい歌なのに……鬼沢さんも……

夏子　そうだったの？

鬼沢　だったらどうなんだ。

夏子　鬼沢さん、どうして涙こらえなくちゃいけないの？

鬼沢　私は、みんなに泣くなって言い続けてきたんだ。だから泣いちゃいけないんだ。

奈津美　もう、戦争は終わったんだよ。

鬼沢　……

奈津美　私達に、泣いちゃいけないって教えた人達が間違ってたんだよ。

鬼沢　……

奈津美　私達、泣いていいんだよ。

鬼沢　……

奈津美　鬼沢さん、今までの夏の思い出が悪い思い出ばかりなら、そんな思い出、涙と一緒に流しちゃえばいいじゃない。そして、これからすてきな夏の思い出、作ればいいじゃない。

こらえきれなくなって、鬼沢が膝をついて泣き始める。そんな鬼沢を抱きしめて、奈津美が泣き出す。それを見ていた夏子も、一緒に泣き出す。三人の泣き声が響く。一番激しく泣いているのが夏子。奈津美と鬼沢が夏子を見る。夏子があまり激しく泣いているので、奈津美と鬼沢はなんだかおかしくなってくる。

二人は思わず笑ってしまう。それは泣き笑いである。その笑い声に、夏子が泣くのをやめる。夏子は笑っている二人を「どうして、どうして」という感じで不思議そうに見つめる。

コーラス隊が登場して、『夏の思い出』をハミングで歌う。ナレーター1・2も一緒に登場する。奈津美と鬼沢が立ち上がり、遠くの空を見つめる。二人はその空のかなたに死んだ兄の姿を見ていた。

鬼沢　兄さん……

奈津美　兄さん……

夏子も空を眺める。

鬼沢　じゃあな。

そう言って、鬼沢が帰っていく。

ナレーター1　そこに、夏子のことを心配して春代達がやってきました。

ナレーター2　瀬川治も一緒でした。

春代、秋絵、冬美と由紀子、そして治が登場する。

ナレーター1　夏子が、みんなに今ここで起きたことを話しました。

春代・秋絵・冬美・由紀子　えー！

ナレーター2　と、みんなびっくりです。

ナレーター1　でも、一番びっくりしたのは……

コーラス隊とナレーター1・2が退場する。

●なつとなつ

治　（『少年倶楽部』を手に持って）それにしてもびっくりだ。俺の誕生日に『少年倶楽部』が返ってくるなんて。

治が奈津美と由紀子に気がつく。

治　君達は？

奈津美　（あっ）小林芳子です。こっちは妹の美雪です。

夏子　二人ともすっごく歌が上手なの。

治　歌が？

夏子　治兄ちゃん、今度『怪人二十面相』なつに読んでね。

治　わかった。

そう言って、『怪人二十面相』が書かれているページを開く。

治　そっか、俺はなつにこんなこと書いて戦争に行ったのか。これを書いた時は、生きて帰れるとは思ってなかったからな。でも、生きて帰れた。あいつのおかげで。

夏子　あいつって誰なの？

治　尾崎響輝。

奈津美・由紀子　！

夏子　あー、その人、治兄ちゃんが捜している人だね、『尋ね人の時間』で。

治　響輝がいなければ、俺は死んでいた。

奈津美　どうしてですか？

治　……

奈津美　あっ、私、『少年探偵シリーズ』が大好きなんです。それで、今みたいな話聞くと、どうしてもそのわけが知りたくなっちゃうんです。

夏子　なつも知りたい。ねー、治兄ちゃんに何があったの？

治　（夏子に向かって）兄ちゃんは、戦場で大けがをして、動けなくなっていたんだ。でも、敵の攻撃が激しくなって、そこを離れなければならなくなった。その時、隊長が、響輝に命令したんだよ。

夏子　なんて？

治　「毒を飲ませろ」って。

夏子　毒を……

治　動けない俺は、逃げるときに足手まといになる。だから毒を飲ませて殺そうとしたんだ。

夏子　響輝さんは毒を飲ませたの？

治　（首を振って）響輝は俺に言った。

響輝（回想）が登場する。

響輝（回想）　親友のおまえに毒を飲ませるなんて馬鹿げてるよ。俺はそんな命令には従わない。治、これは水だ。いいか、これを飲んで、死んだふりをするんだ。でも、死ぬな。絶対死ぬな。

響輝（回想）が退場する。

治　その後、響輝は戦場から逃げたんだ。

夏子　どうして逃げたの？

治　命令に背いたからだよ。

夏子　でも、それって治兄ちゃんを殺せっていう命令でしょ。

治　例えそれが仲間を殺せっていう命令でも、命令に背くことは許されなかった。なつ、それが戦争なんだよ。

奈津美　その後どうなったんですか？
治　アメリカ軍の猛烈な攻撃に遭って、俺たちの隊は壊滅状態になった。でも、死んだふりをしていた俺は、アメリカ軍の捕虜になって助かった。俺は響輝のおかげで、今こうして生きている。だから、そのお礼に、どうしても響輝に届けたいんだ。
奈津美　何を届けたいんですか？
治　俺が響輝に届けたいのは、（奈津美と由紀子を見て）君達さ。
奈津美・由紀子　！
治　奈津美さん。
奈津美　はい。（思わず返事をしてしまい）あっ……
治　やっぱりそうか。尾崎奈津美さん、そして由紀子さんだね。小林芳子って名前は、少年探偵団の団長・小林芳雄くんからつけたんだよね。
夏子　よし姉ちゃん、なつに嘘ついてたの？
治　なつ。二人は兄ちゃんの命を救ってくれた尾崎響輝の妹だよ。
夏子　響輝さんの?!
治　『尋ね人の時間』を聞いて、ここに来てくれたんだね。
奈津美　（うなずく）響輝兄さんが戦場から逃げたのは、治さんを助けたからなんですね。
治　そうだ。
夏子　響輝さんって、怪人二十面相みたいだね。お姉ちゃんの好きな。
奈津美　怪人二十面相……
夏子　だって、怪人二十面相って、戦争から逃げちゃうんでしょ。人を殺せないから。
奈津美　……
夏子　怪人二十面相って、弱虫じゃないんだね。すごく強いんだね。
治　確かに響輝は怪人二十面相だ。
奈津美　治さん。響輝兄さんは、死にました。
治　……
奈津美　だから、怪人二十面相じゃありません。
治　……
奈津美　（泣けてくる）響輝兄さんが怪人二十面相だったら、必ずどこかで生き延びていて、笑いながら私達の前に現れた。でも、響輝兄さんは……
治　いや、響輝は怪人二十面相だ。
奈津美・由紀子　（えっ？）
治　生きてるんだ。
奈津美　生きてる……
治　そう。響輝は生きてるんだ。

奈津美　響輝兄さんが生きてる……

奈津美と由紀子が見つめ合う。

治　『夏の思い出』を聞いて、響輝とよく歩いた尾瀬にどうしても行きたくなった。『夏の思い出』は魔法の歌だよ。俺は、その尾瀬で響輝に会ったんだから。

奈津美　尾瀬で……

治　響輝は尾瀬に小屋を建てて暮らしていた。響輝は、様々な人を演じて、生き続けてきた。だから響輝は怪人二十面相なんだよ。

奈津美　……

治　もうわかっただろ。俺が『尋ね人の時間』を使って捜していたのは尾崎響輝じゃない。君達さ。俺は命の恩人の響輝に、どうしても君達を届けたかったんだ。

奈津美　（涙がこぼれる）響輝兄さんに、会えるんですね。

治　会えるさ。明日、みんなで尾瀬に行こう。

みんなが喜ぶ。奈津美と由紀子は抱き合って涙を流す。

夏子　（奈津美に）お姉ちゃんの名前、奈津美だったんだね。

奈津美　なっちゃん、私も「なつ」って呼ばれてたんだ。

夏子　私達「なつ」と「なつ」だね。

奈津美　「なつ」と「なつ」か……

夏子　ねっ、なつ姉ちゃんって呼んでいい？

奈津美　うん。

夏子　なつ姉ちゃん。

奈津美　何？

夏子　『夏の思い出』歌おうよ。なつ姉ちゃんのお兄さんのために。

奈津美　響輝兄さんのために……

夏子　うん。

由紀子　目に浮かぶね、響輝兄さんの喜ぶ顔。

夏子　それじゃあいくよ。さん、はい。

全員　「♪夏がくれば　思い出す　はるかな尾瀬遠い空♪」

コーラス隊が登場する。コーラス隊は登場人物と一緒に、続きをハミングで歌う。ナレーター1・2もここで登場する。

●夏の思い出

奈津美　次の日、私達は、みんなで尾瀬に向かいました。湿原を黄色に染めるニッコウキスゲ。降り注ぐ鳥の囀り。私の記憶の中にある尾瀬がそこにありました。そして、そこで私達を待っていたのは……

響輝が登場する。

奈津美　響輝兄さん。会いたかった。ずっとずっと会いたかった。「なつ」だよ。「なつ」が会いに来たよ。

夏子　♪（奈津美を見て）なつがくれば　思い出す　はるかな尾瀬　野の旅よ♪

次から奈津美と由紀子の二重唱になる。

奈津美・由紀子　♪花のなかに　そよそよと　ゆれゆれる♪

夏子　♪浮き島よ♪

全員　♪水芭蕉の花が　匂っている　夢みて匂っている水のほとり♪

♪まなこつぶれば　なつかしい　はるかな尾瀬　遠い空♪

ナレーター1　数年後、尾瀬に木道ができ、たくさんの人が訪れるようになりました。

ナレーター2　そして、尾瀬をダムにする計画は中止となりました。

登場人物全員　尾瀬。

ナレーター1　そこには今も、

夏子　「なつ」と

奈津美　「なつ」が見た

ナレーター2　あの時と変わらない花園があります。

夏子・奈津美　♪（たっぷりと斉唱で）はるかな尾瀬♪

登場人物全員　♪遠い空♪

――幕――

イマジン

アメリカ同時多発テロ事件が起きた二〇〇一年のドラマです。

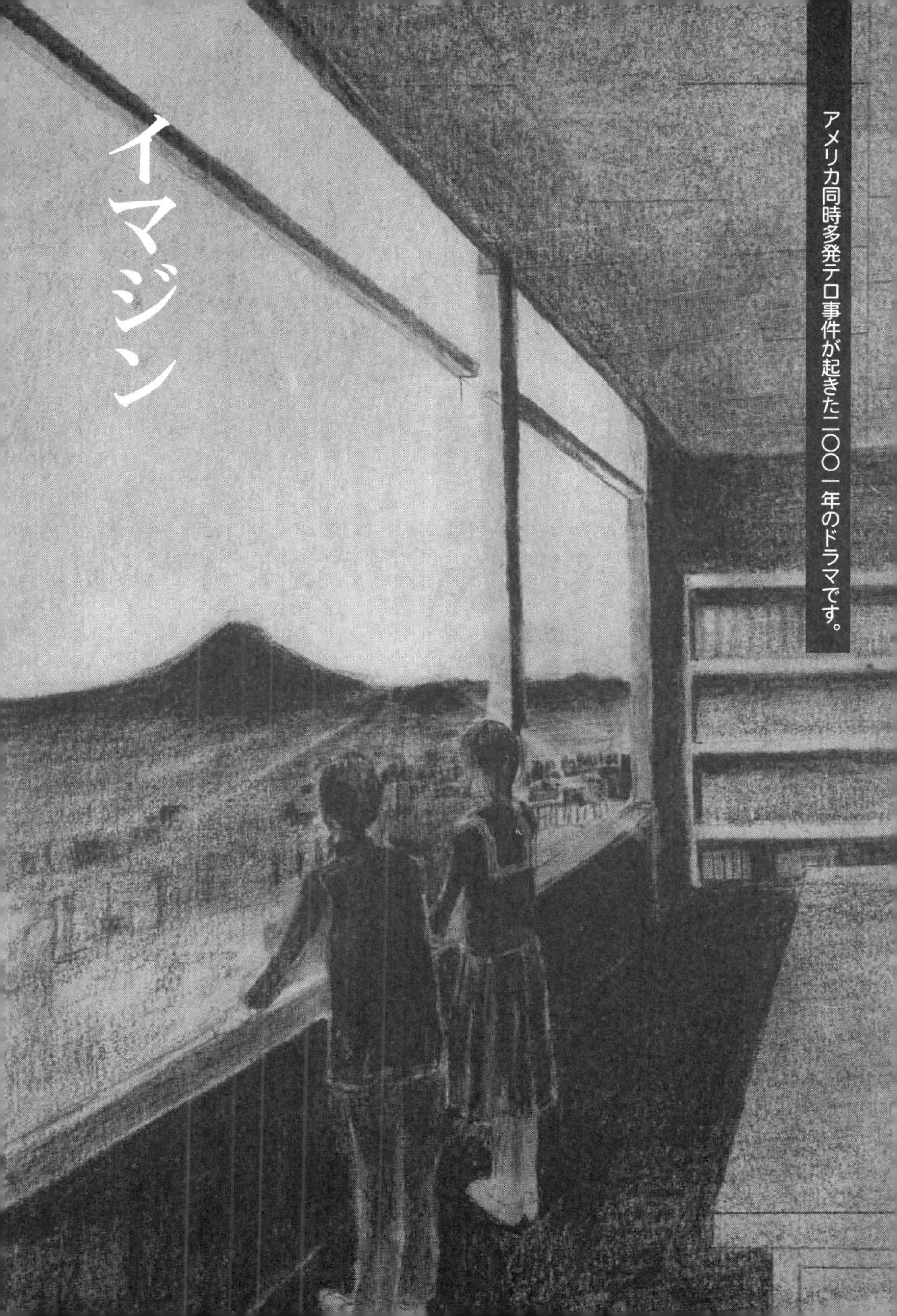

■登場人物

千田千尋《せんだちひろ》　ソフト部部長・ピッチャー　生徒会選挙で勲の応援演説を務める（二年）
神山《かみやま》　勲《いさお》　演劇部　生徒会長に立候補している（二年）
庄田明日香　演劇部（二年）
村上夏生《なつき》　演劇部（二年）
刈谷美里　演劇部（一年）
岩波玲奈《れいな》　演劇部（一年）

多田ヒカル　科学部　帰国子女　生徒会長に立候補している　（二年）
山村佐知子　科学部　ニューヨークの学校に転校予定　（二年）
浜崎由美　科学部（一年）
鳥井アキ　科学部（一年）
風野さやか　科学部（一年）
小野田洋子　科学部（一年）

松本由美子　科学部顧問

ナレーター1〜3
場内アナウンス
生徒会選挙での声1・2

●二〇〇一年九月十日(月) 体育館フロア

『イマジン』(音楽 John Lennon & Yoko Ono)が流れる。

♪Imagine there's no heaven
♪It's easy if you try
♪No hell below us
♪Above us only sky
♪Imagine all the people living for today

♪Imagine there's no countries
♪It isn't hard to do
♪Nothing to kill or die for
♪And no religion too
♪Imagine all the people living life in peace

♪You may say I'm a dreamer
♪But I'm not the only one
♪I hope some day you'll join us
♪And the world will be as one

そこは七つ森中学校の体育館フロア。二年三組の生徒が一列に並んで座っている。その中心にいるのは千田千尋。『イマジン』が流れる中、合唱コンクールの結果が発表される。二年三組の生徒たちは互いに手を組み、賞が取れることを願う。

アナウンス(声) 合唱コンクール、二年生の結果発表です。優秀賞は……四組。そして最優秀賞は……三組です。

二年三組の生徒が、喜びを爆発させる。

アナウンス(声) 続いて二年生の指揮者賞です。指揮者賞は……千田千尋さんです。

二年三組の生徒が再び喜びを爆発させ、千尋を取り囲んで、声をかけ、拍手をする。『イマジン』が流れる。

●二〇〇一年九月十日(月) 図書室

合唱コンクールが行われた九月十日の放課後の学校の図書室。図書室にいるのは、演劇部の庄田明日香(二年)、村上夏生（二年）、刈谷美里（一年）、岩波玲奈（一年）の四人。四人は次の劇に役立ちそうな本を探している。四人が探している本のジャンルはラブストーリー。

美里　夏生先輩。中学生のラブストーリー、学校の図書室で探すの無理ありますよ。

玲奈　見つけましたー。（本を手に持って）先輩、これどうですか。

夏生　『源氏物語』？

玲奈　ここ読んでください。

夏生　「日本が生んだ、世界最高のラブストーリー」

玲奈　どうですか『源氏物語』？

夏生　まっ、確かにラブストーリーではある。

美里　えっ、『源氏物語』って戦争の話じゃないの？

夏生　美里。『源氏物語』の源氏は、源頼朝の源氏とは関係ないよ。

美里　えー、そうなんですか。私、『平家物語』の親戚みたいな話だと思っていました。

夏生　『源氏物語』は光源氏っていう男性の恋物語って感じかな。

玲奈　ラブストーリーってことですよね。

夏生　そうかもしれないけど、さすがに古すぎるでしょ。書かれたの平安時代だよ。

明日香　（本を手に持って）『ロミオとジュリエット』なんてどうかな。『源氏物語』よりは新しいよ。

美里　あー、題名だけは知ってます。

玲奈　えー、それ、大人のラブストーリーじゃないんですか？

明日香　設定ではロミオは十五歳で、ジュリエットは十三歳。

美里　えっ、二人とも中学生じゃないですか。

夏生　昔は私達くらいの年で普通に結婚してたらしいよ。

玲奈　えー、それを今の話でやるってちょっとやばくないですか？

美里　夏生先輩。やっぱ、演劇部がラブストーリーやるって無理ありませんか？

千田千尋が図書室に入ってくる。千尋はソフトボール部の練習を途中で抜けてきたため、練習時の恰好をしている。

千尋　夏生。勲、まだ来てないんだ。

夏生　勲？

千尋　うん。演劇部、今日は図書室で活動するって聞いたから。

夏生　もうすぐ来ると思うけど。勲になんか用？

千尋　うん、ちょっとね。

明日香　千尋。おめでとう。三組最優秀賞、それに指揮者賞。

千尋　ありがと。

明日香　それにしても、千尋、少し欲張りすぎじゃない。運動神経抜群で、ソフトボール部じゃ一年からエース。テストは学年順位一桁。それだけでも十分すごいのに、合唱コンクールまで……

千尋　明日香。最優秀賞取ったの、私の力じゃないよ。

明日香　いやいや、千尋の力だよ。

千尋は、図書室の窓からソフトボール部が練習している様子を見ている。明日香が千尋の横に立ち、窓からソフトボール部の練習を見る。

明日香　ソフトボール部の練習って、半端じゃないよね。

夏生　千尋。部長があそこにいなくていいの？

千尋　いろいろあってさ。

明日香　いろいろ？

千尋　実は、勲に頼まれちゃったんだ、生徒会選挙の応援演説。

明日香　えっ、勲、立候補するの？

千尋　生徒会長だって。

夏生　マジ！（明日香・美里・玲奈は「えーっ」と驚く）

明日香　千尋、勲の応援演説引き受けたんだ。

千尋　うん。でも、そのことで、田島先生、突然怒り出して……

明日香　なんで田島が怒るわけ？

千尋　部長なのに、無責任だって。

明日香　無責任？

千尋　応援演説のリハーサルとかで部活に出られなくなるだろって。だから、今すぐ断ってこいって言われて……

明日香　勲の応援演説、断りに来たんだ。

千尋　（うなずいて）でも、そっちのほうが無責任だよね。

夏生　まっ、いいんじゃない。勲に一言、「ごめん、田島先生に怒られて応援演説できなくなっちゃった」って言えば、それで終わりだよ。

明日香　勲には私から伝えとくから、千尋、練習に行きなよ。

千尋　……もう少しここにいていいかな。本音言うと、あそこに戻りたくないんだ。

明日香　それなら、協力してよ。これから創る劇のヒントが欲しいんだ。

千尋　どんな劇創るの？

明日香　それが、ラブストーリーなのだよ。

千尋　ラブストーリー？　去年は戦争の劇だったよね。

明日香　千尋。今年は二〇〇一年、二十一世紀の始まりの年だよ。戦争なんて、もうずっとずっと昔の話。平和な二十一世紀にふさわしいドラマはラブだよ、ラブ。
千尋　ラブね。
明日香　千尋。学校の中でラブストーリーの舞台になるベストな場所ってどこかな。
千尋　えっ？
明日香　ねっ、どこだと思う？
千尋　……図書室ってどうかな。ほら、ジブリの『耳をすませば』。
美里　あー、主人公の二人が出会うきっかけ、図書室の本でしたね。
玲奈　千尋先輩。私も、図書室が、ラブストーリーの舞台になるベストな場所だって思うんです。でも、図書室の本は関係ないんですけど。
千尋　えっ、何と関係あるの？
玲奈　この場所です。
千尋　なんでこの場所なの？
玲奈　（窓の外を見て）今日は、曇ってるから見えないけど、図書室の奥から二番目のこの窓から眺める富士山、最高なんです。ここは彼氏と富士山を見る特等席なんです。
千尋　（窓の外を見て）あー、確かにここからだと富士山よく見えるかも。
明日香　恋する二人が窓から夕日に輝く富士山を見つめている。少女は愛読書を胸に抱きしめる。
玲奈　いいねそれ。
明日香　ちなみに千尋、今どんな本読んでるの？
千尋　『悪魔の手毬唄』
美里　先輩、ホラーが好きだったんですね。
明日香　恋する少女が胸に抱くのは『悪魔の手毬唄』。
千尋　『悪魔の手毬唄』はホラーじゃなくて本格推理小説の傑作だよ。
玲奈　私、彼と二人っきりで富士山を見てる千尋先輩、なんかとっても絵になるって思うんです。
美里　わー。
千尋　私、そんな人いないから。
明日香　いつかそんな王子様が現れるかもよ。「千尋、待たせたな」って。
千尋　ない、ない。絶対ないって。

そこに、神山勲（二年）が入ってくる。

勲　ごめーん。千尋。待たせちゃって。
みんな　えー。
勲　何、そのリアクション。
明日香　あまりにも、グッドタイミングだったから。

千尋　それを言うなら、バッドタイミング。
勲　なんだよ、バッドタイミングって。

千尋は勲に応援演説を断ることを言い出そうとするが、言い出せずに大きなため息をつく。

勲　千尋、どうしたんだよ。ため息なんかついて。
明日香　勲、そのため息は誰のせいかな？
勲　えっ、俺のせいなの？
夏生　千尋。言っちゃいなよ。
千尋　えっ……

千尋は言い出せない。

明日香　もう、じれったいな。勲、千尋ね……
千尋　待って！
明日香　……
千尋　大丈夫、私が言うから。
勲　…何？　何？　千尋が俺に何を言うわけ？
明日香　千尋。これって、千尋が勲に愛を告白する流れだよ。
美里・玲奈　わー。
千尋　ない、ない、そんなこと絶対ないって。

夏生　（図書室の窓から校庭を見て）うわー、田島、グローブ地面にたたきつけて怒ってる。
千尋　田島先生がイライラしてる原因、私なんだ。実は、ひじ故障して、今ドクターストップかかってる。
夏生　それって、ソフト部ピンチなんじゃない。
千尋　ソフト部もピンチかもしれないけど、私もピンチ。もう精神崩壊寸前だよ。

そう言いながら頭を抱えて椅子に座る。

美里　スーパースターの千尋先輩にも、悩みがあるんですね。
千尋　美里。私、スーパースターじゃないから。

勲は千尋を見つめている。

勲　明日香。宿題だった、ラブストーリーの舞台になるベストな場所なんだけど。学校全体を舞台にするってどうだ。
明日香　どんな話考えてるわけ。
勲　主人公は浦島田太郎と小山田花子。二人は、最近、学校に広まっているある噂について調べていた。
明日香　ある噂って？
勲　夜になると、誰もいない音楽室から、ピアノの音が聞こえてくる。

明日香　学校の怪談だね。

勲　その噂が本当かどうか確かめるため、二人は夜の学校に忍び込んだ。その時だ、どこからともなくピアノの音が聞こえてきた。

勲が『チューリップ』のメロディーを歌う。

明日香　なぜここで『チューリップ』？

勲　二人は、ピアノの魔力に吸い寄せられ、音楽室へと歩いていった。ひとりでに開く音楽室のドア。太郎は驚いた。「自動ドアだったんだ！」

明日香　太郎、しっかりしてよ。

勲　ドアの向こうで、一人の男がピアノを弾いているではないか。男はピアノを弾くのをやめ、ゆっくり振り向いた。その男は、なんと……

明日香　なんと……

勲　ベートーベンだった。

明日香　なぜ、ベートーベン？

勲　彼は、肖像画から抜け出したのだ。

明日香　あー、音楽室って有名な作曲家の肖像画が貼ってあるよね。

勲　ベートーベンが語り出す。「君たちが来るのを待っていたよ。私の代わりに、(肖像画を指差して)あそこに入ってもらえないかな。そうすれば、私はこの世界で生きることができる」。驚いた太郎と花子は、音楽室を飛び出して逃げる。二人を追いかけるベートーベン、それに続くバッハ、そしてシューベルト。

明日香　作曲家、増えてるよ。

勲　シューベルトは『魔王』を歌いながら追いかけてくる。「♪MEIN VATER, MEIN VATER（訳…「お父さん、お父さん」）♪」。

明日香　なんか、すごいことになってきたね。

勲　二人は理科室に逃げ込んだ。そこには人体模型が立っていた。次の瞬間、花子が叫んだ。「ウギャー」。

明日香　花子ってどんなキャラ？

勲　なんとその人体模型が動き出して、花子を睨みつけていたのだ。「花子、こいつは俺に任せろ」。そう言って太郎は人体模型を睨みつけた。人体模型も、負けじと太郎を睨み返す。しばらくの間その睨み合いが続いた。最初に笑ったのは人体模型。太郎は人体模型に勝った。

明日香　にらめっこしてたんだ。

勲　太郎と花子が理科室を飛び出して逃げる。二人を笑いながら追いかける人体模型。それに続くベートーベン。廊下に響き渡る『魔王』。
明日香　シュールだね。
勲　次に二人が逃げ込んだのは、明日香、どこだと思う？
明日香　美術室じゃない？　そこには、石膏の像があって、その像が動き出した。
勲　甘い甘い。二人が逃げ込んだのは校長室。そこには、校長先生が立っていた。
明日香　校長室だからね。
勲　次の瞬間、校長先生が動き出した。
明日香　校長先生は動くよね、生きた人間だから。
勲　ただ、その動きは普通ではなかった。校長先生は、突然ダンスを踊り出した。
明日香　コワっ！
勲　太郎と花子は、校長室を飛び出して逃げる。踊りながら追いかけてくる校長先生。それに続く教頭先生。
明日香　もう、わけわかんないんだけど。
勲　その時、朝日が差し込んできた。

勲は呻き声を上げて倒れる。

明日香　校長先生と教頭先生って、吸血鬼だったんだ。
勲　その朝日とともに、学校は静けさを取り戻した。太郎と花子は、その後いつまでも仲良く暮らしたとさ。めでたし、めでたし。
明日香　最後は『日本昔話』かい。

勲が話している間、みんな何度も何度も大笑いをする。話を終えた後、千尋は楽しそうに笑っている。そこに山村佐知子（二年）と小野田洋子（一年）が入ってくる。佐知子は手に返却する本を持っている。

佐知子　図書当番は？
玲奈　あっ、私、図書委員なんで、その本預かります。
佐知子　ありがとう……

佐知子が、本を玲奈に渡す。

千尋　サッちゃん、調子どう？
佐知子　もう大丈夫。千尋ちゃん、今日はお別れ会、ありがとう。
千尋　サッちゃんがニューヨークに行くと、クラス、さみしくなるな。
佐知子　……
洋子　サチ先輩、部活のみんな待ってますよ。

千尋　（佐知子に）これから部活のお別れ会？
佐知子　うん。
千尋　元気でね、サッちゃん。
佐知子　うん。

佐知子と洋子が図書室を出ていく。

美里　今の先輩、千尋先輩のクラスが歌う直前に、突然倒れちゃった人……ですよね。
玲奈　ニューヨークに行くんですね。
夏生　それにしても、千尋、素早かったね。サチが倒れる前に抱きかかえて。
明日香　歌うの怖かったのかな、貞子。
千尋　貞子？
明日香　あっ、いけね、去年の癖が……
千尋　去年の？
明日香　えっ、千尋知らないの？　貞子。
千尋　貞子は知ってるよ。『リング』に出てくる見た人を呪い殺す「呪いのビデオ」の少女でしょ。
明日香　貞子のフルネームは山村貞子。サチは山村佐知子。貞子の「だ」が「ち」になっただけじゃない。去年、伊集院がサチに貞子ってあだ名付けて、それ面白がってみんなサチのこと貞子って……
千尋　……
明日香　夏生、覚えてる、去年の合唱コンクール……
夏生　あー、あれね。
千尋　あれって？
夏生　伊集院、「貞子の歌声聞くと呪われる」って言い出して、結局、サチ、合唱コンクールロパクだったんだ。
明日香　去年、私クラスの合唱コンクール実行委員だったんだ。サチって超音痴だったから「ロパクでもいいよ」って言ってあげたら、すごく喜んで。クラスのみんなも、「呪われない」って喜んで。
夏生　ひどいことしてたねー。
千尋　明日香も夏生も知らないんだ。今年のサッちゃん、歌の戦力だったんだよ。
夏生　マジ！（明日香は同時に「えー」と驚く）
千尋　そうだよね、勲。
勲　うん、すっごく上手だった。
明日香・夏生　えー。
夏生　信じられない。
玲奈　千尋先輩。先輩もこの本読んだんですね。図書カードに先輩の名前が……

玲奈が、図書カードを見せる。千尋が玲奈が持っている本を手に取る。

千尋　サッちゃん『グレープフルーツ』借りてたんだ。
玲奈　『グレープフルーツ』？
明日香　それってどんな本なの？
千尋　ジョン・レノンが『イマジン』創った時に、影響を受けた詩集。書いたのは、オノ・ヨーコ。ジョン・レノンの奥さんになった人。（美里と玲奈に）あっ、『イマジン』知ってる？
美里　（玲奈に）英語の授業で歌ったよね。
玲奈　うん。
美里　Imagineって「想像してごらん」っていう意味ですよね。
千尋　そう、そのImagineって言葉、『グレープフルーツ』の中に何度も出てくるんだ。
明日香　（図書カードを見て）あれ？　タダヒカも『グレープフルーツ』借りてる。
美里　タダヒカって誰ですか？
明日香　多田ヒカル。「う」をつけると宇多田ヒカルだけど。ただのヒカルだから、タダヒカ。
夏生　でも、タダヒカのお母さんって、ニューヨークでミュージカルに出てたらしいよ。
明日香　えっ、そうなの。
夏生　だから、うちのクラス、タダヒカに指揮者やってもらったんだ。でも、要求高すぎて誰もついていけなくって。
明日香　二組、誰も歌ってなかったね。あー、タダヒカは歌ってたけど、指揮者なのに。
玲奈　私、指揮しながら歌う人、初めて見ました。
明日香　あれ、なんか、「うわー」って感じじゃなかった？
美里　あー、「うわー」って感じでした。
夏生　タダヒカ、英語の授業中も「うわー」って感じなんだ。
美里　どうして「うわー」なんですか？
夏生　「どうだ、すごいでしょ」って感じで、アメリカ人みたいな発音するんだ。あの発音されると、なんか引いちゃうんだよね。
明日香　タダヒカ、外来種だから。
美里　外来種？
明日香　ほら、タダヒカ、アメリカから来たから。
千尋　それ言ったら、小学校の時アメリカから転校してきた私も外来種だよ。
明日香　千尋は違うって。英語の授業中、わざと下手な発音してるんでしょ。本当はペラペラなのに。

千尋　そんなことないって。
明日香　知ってるよ、Michael先生とすっごいスピードで英語話してるの。
夏生　あー。
千尋　人間できてるよね、千尋は。
千尋　……
夏生　そういえば、サチって、昼休みいつもタダヒカと一緒にいるよね。
明日香　二人とも科学部だから。
夏生　科学部ってなんか謎の部活って感じしない？
明日香　理科室で毎日何してんのって感じ？
夏生　サチがニューヨークに行ったら、タダヒカ、一人ぼっちになっちゃうね。
明日香　タダヒカは、一人で生きていけるよ。
夏生　勲、知ってた。タダヒカ、会長に立候補するんだって。
勲　ライバルはタダヒカか。
夏生　勲、ホントに会長に立候補するんだ？
勲　Yes.
明日香　どんな学校を目指すわけ？
勲　笑いあふれる学校。
明日香　それいいじゃん。
夏生　タダヒカに、負けんなよ。
勲　大丈夫。だって俺の応援演説、千尋だから。
夏生・明日香　あー……
勲　千尋。これから立候補の届出すんだけど、一緒に来てくれない？

みんなが千尋を見つめる。

千尋　……わかった。
明日香　えっ、千尋、勲の応援……
千尋　（話をさえぎって）少しでも、練習に遅れていきたいだけ。
勲　応援演説引き受けてくれてありがと。千尋がやってくれれば、絶対勝てる。

勲と千尋が図書室を出て行く。

●二〇〇一年九月十日(月)　理科室

舞台は理科室。理科室にいるのは多田ヒカル（二年）、山村佐知子（二年）、浜崎由美（一年）、鳥井アキ（一年）、風野さやか（一年）、小野田洋子（一年）。全員科学部に所属している。ヒカル以外の科学部員が、佐知子を囲んで『イマジン』

を歌う。佐知子も一緒に歌う。

♪Imagine there's no heaven

ヒカル　山村佐知子は私の親友だ。私は、サチって呼んでいる。

♪It's easy if you try

ヒカル　そのサチが、明日ニューヨークに旅立つ。今日は、サチとのお別れの日。

♪No hell below us

ヒカル　今、私たちはサチと一緒に歌を歌っている。

♪Above us only sky

ヒカル　その歌は、もちろん『イマジン』。

♪Imagine all the people

ヒカル　私は思い出していた。このすてきな仲間たちと出会った日を。

♪Living for today

この後、佐知子が退場する。科学部員が、ほうきやモップをマイクのように扱って『イマジン』を歌う。歌うのは　You may say I'm a dreamer But I'm not the only one. のところ（ここは、あえてハモらずに歌う）。そこまで歌ったところで、ヒカルの存在に気がつき、歌うのをやめて、掃除をしているふりをする。

ヒカル　なんで歌うのやめたの？

由美　なんか、気まずくて。

ヒカル　科学部だから？

由美　まあ……

ヒカル　科学部って理科室で歌っちゃいけないの？

由美　そういう決まりはないですけど。

アキ　多田ヒカル先輩……ですよね？

ヒカル　そうだけど。

アキ　科学部に入るって本当ですか？

ヒカル　（うなずいて）科学部なら、好きなことやる時間が持てるでしょ。
アキ　好きなことって、歌ですか？
ヒカル　……
アキ　多田先輩のお母さん、ニューヨークでミュージカルに出てたんですよね。
ヒカル　どこで仕入れたの、そんな情報。

科学部員が何やらひそひそ話をする。

由美　私たちに歌、教えてくれませんか？
ヒカル　歌？　みんな科学部に入ってるんじゃないの？
由美　私たち、ハモネプに出たいんです。
ヒカル　ハモネプ？
由美　歌をアカペラで歌って競う番組です。
アキ　実は、私たち四人全員、小学校の時に合唱団に入っていたんです。すごく仲が良かったんで、みんなで相談して科学部に入ることにしたんです。
ヒカル　なんで科学部？
由美　合唱部がないから、仕方なく。
アキ　全員部活に入らなければいけないって、いったい誰のためなんですか？　好きでもないこと三年間やるって苦痛です。
由美　アキ。そんなことヒカル先輩に言っても、どうにもならないよ。
ヒカル　好きな歌、科学部で堂々と歌えばいいじゃない。「どうして人は歌うのか」「なぜハモると気持ちいいのか」、それ追求するのは科学でしょ。運動部じゃできないかもしれないけど、科学部ならできる。みんないい選択したんだよ。
さやか　歌うことが科学。そんなこと考えたことありませんでした。
ヒカル　科学部には二年生はいないの？
さやか　……一人いるんですけど、幽霊なんです。
ヒカル　幽霊？
洋子　部活に来てないんです。
ヒカル　それで幽霊。
さやか　……はい。
ヒカル　さっき『イマジン』歌ってたよね。
アキ　英語の時間に歌って、好きになって……
由美　できれば、『イマジン』でハモネプに出たいんです。でも、ハーモニーを創るのって簡単じゃなくて……
ヒカル　『イマジン』、私の一番好きな歌なんだ。
由美　そうなんですか！
ヒカル　『イマジン』を歌う人の輪を広げていく、それが私の夢。

由美　…
ヒカル　私の夢に協力する気ある？
由美　協力すれば、歌教えてくれるんですか？
ヒカル　そういうこと。
由美　私、協力します。
ヒカル　教えるには条件があるけどね。
由美　条件？
ヒカル　隠れてこそこそ歌わないこと。隠れて歌うの、歌に対して失礼だって思うの。歌うんだったら、科学部として堂々と歌うこと。それと、教えるのは、顧問のマッチー先生に認めてもらってから。それでいい？
みんな　はい。

科学部の一年生が理科室を出て行く。それと入れ替わる形で松本由美子先生が入ってくる。

松本先生　部活の時間に科学部で歌を練習するんだ。
ヒカル　はい。
松本先生　なぜ科学部が歌を練習するの？
ヒカル　どうしたら歌を上手に歌えるか、科学的にアプローチするんです。
松本先生　（笑う）
ヒカル　何がおかしいんですか？
松本先生　オノ・ヨーコさんが喜びそうな面白い発想ね。
ヒカル　オノ・ヨーコさんが……
松本先生　憧れの人なんでしょ、オノ・ヨーコさん。
ヒカル　はい。ジョン・レノンと二人で『イマジン』を生み出したなんてすごいなって。
松本先生　研究してみたら、歌を上手に歌う方法。
ヒカル　いいんですか？
松本先生　科学部が歌を歌っちゃいけない理由なんてどこにもないよね。それにしても、あなたの発想、日本人離れしてるね。
ヒカル　外来種なんで。
松本先生　外来種……
ヒカル　私、陰でそう言われてるんです。アメリカから来たから。
松本先生　……
ヒカル　……命って大切ですよね。
松本先生　そうね。
ヒカル　命は大切なのに、外来種は殺していいって、なんか不思議です。命に優劣があるってことですよね。
松本先生　何が正しいか決めるのって難しいよね。
ヒカル　「イマジン・プロジェクト」のこと話してもいいで

すか。

松本先生　「イマジン・プロジェクト」？

ヒカル　平和の大切さを伝えるために、学校の生徒全員が『イマジン』を歌うプロジェクトです。その輪を日本中に広げていくんです。だから生徒会長に立候補したんです。先生は、中学生の私にそんなことできるって思いますか？

松本先生　できないって証明できる？

ヒカル　……できません。

松本先生　それなら、できる可能性あるんじゃない。

ヒカル　（表情がぱっと明るくなる）

松本先生　あー、二年に、もう一人オノ・ヨーコさんに興味持ってる生徒がいるの、知ってる？

ヒカル　誰ですか？

松本先生　千田千尋。

ヒカル　ソフト部の。

松本先生　（うなずいて）「イマジン・プロジェクト」、相談してみたら。

ヒカル　……考えてみます。

科学部員が『イマジン』を歌いながら舞台に登場する。その中に、幽霊部員だった山村佐知子もいる。ヒカルは指揮をしながらアドバイスをする。

全員　♪Imagine there's no heaven

ヒカル　由美、言葉をはっきり！　洋子、響かせて！

全員　♪It's easy if you try

ヒカル　アキ、いいよ。さやか、響かせて、響かせて！

全員　♪No hell below us

ヒカル　サチ、笑顔、笑顔！

全員　♪Above us only sky

ヒカル　（skyで）クレッシェンド！　クレッシェンド！

全員　♪Imagine all the people living for today

ヒカルが手を二回叩くことで、歌が止まる。

ヒカル　いい感じ。すごくよくなった。今日はこれで終わりにしよう。

科学部員たちが「さようなら」と言って帰っていく。
ヒカルと佐知子が理科室に残る。

佐知子　ヒカルちゃん。ありがと。おかげで、部活に戻れた。

ヒカル　よかったね、幽霊じゃなくなって。

佐知子　……私、幽霊じゃなくなったのかな？

ヒカル　えっ？

佐知子　去年のクラスで……私……陰で、貞子って呼ばれてたの。

ヒカル　貞子って、『リング』でテレビから出てくる幽霊の女の子？

佐知子　(うなずいて) 私、廊下で聞いちゃったの。クラスの子が「貞子の歌声を聞くと呪われる」って笑ってるの。その次の日、合唱コンクールの実行委員が、「口パクでもいいよ」って言ってきたの。私、怖くなって……それからは口パクで歌ってるふりをしてたの。

ヒカル　……

佐知子　でも、今年は歌える。ヒカルちゃんと一緒に科学部で練習したから。

ヒカル　大丈夫なの、今のクラス？

佐知子　うん。千尋ちゃんがいるから……

ヒカル　ソフト部の？

佐知子　うん。私、合唱コンクールで、みんなに幽霊じゃなくなった今の自分を見てもらう。みんなの前で歌えれば

ヒカル　……

ヒカル　歌えれば？

佐知子　胸を張ってニューヨークに行ける気がするの。

ヒカル　そして、合唱コンクールがやってきた。そこで、私が見たのは……

ヒカルの回想として、佐知子と千尋がステージ上に登場する。千尋は指揮者として舞台中央で観客に背を向けて立つ。

ヒカル　サチのクラスの指揮者・千田千尋が手を挙げたその時、

指揮者の千尋が手を挙げると同時に、佐知子の表情がこわばり、突然、崩れ落ちる。千尋が駆け寄って佐知子を抱きかかえる。

千尋　サッちゃん。サッちゃん。

生徒と教師が集まり、佐知子を連れて行く。

ヒカル　そして、私は自分の無力さを思い知らされた。私のクラスは、私の指揮に誰も応えてくれなかった。更に……

千尋は椅子に座っている。

アナウンス（声）　続いて二年生の指揮者賞です。指揮者賞は……千田千尋さんです。

千尋が立ち上がる。拍手が聞こえてくる。

ヒカル　千田千尋が、キラキラ輝いて見えた。

●二〇〇一年九月十日（月）　理科室と理科室前の廊下

舞台は理科室と理科室前の廊下。千尋と勲が理科室前の廊下を歩いている。二人は、理科室の入り口前で立ち止まり会話を始める。

千尋　勲。どうして、バスケ部辞めたか聞いていてもいい？
勲　どうしたんだよ、突然。
千尋　私、ソフト部辞めたい。
勲　本気なのか？
千尋　……どうかな。自分でもよくわからない。
勲　俺の理由聞いても参考にならないよ。だって、千尋は一年からソフト部のエースだったろ。俺とは違うよ。
千尋　違うって言わないで。
勲　……俺が辞めた理由は、演劇部のほうが向いてるって思ったから。
千尋　辞めるとき、何か言われなかった？
勲　言われたよ。でも、演劇部に入る時のほうが大変だった。親は反対するし、バスケ部の連中には笑われるし。
千尋　でも入ったんだよね。
勲　そうだね。
千尋　後悔してるの？
勲　全然。俺って、いつもお笑いの役だけど、誰かが笑ってくれるとすっごく嬉しいんだ。
千尋　覚えてる？　私がアメリカから転校してきた小学校の時のこと。心配の塊だった私を、最初に笑わせてくれたの、勲だったんだよ。
勲　そんなことあったっけ。

ここでヒカルが廊下を歩いてくる。ヒカルは千尋と勲を見て立ち止まる。

千尋　勲。Imagine I'm a member of the drama club. It's easy if you try.
勲　……えっ？

千尋　うん。まあ、そういうこと。
勲　俺が英語苦手なの知ってるだろ。
千尋　だから英語で話したんじゃない。
勲　なんだそれ。

　ヒカルが歩き出し千尋と勲の前を通りすぎた後、立ち止まり一瞬千尋を見る。そしてその後、理科室に入る。

千尋　私、多田さんみたいになれたらって思うことあるんだ。
勲　タダヒカみたいに？
千尋　（うなずいて）英語の授業中、わざと下手な発音してる自分に、悲しくなって……多田さんみたいに堂々と英語話せたらいいなって……
勲　話せばいいじゃないか。今、ここで。
千尋　（しばらく考えて）うん。Thank you for making me laugh when I was disappointed. You've made me laugh since I was an elementary school student. You're a student who feels happy when making someone else happy. That's why I decided to take charge of your election to the student council.
勲　……えっ？
千尋　……うん。
勲　何話したか聞いていい？
千尋　英語だから話せる私の思い。
勲　すっきりした？
千尋　（うなずいて）すっきりした。
勲　千尋。俺の応援演説辞めていいよ。
千尋　どうして？
勲　そのことで田島に怒られたんだろ。
千尋　えっ……
勲　宇津木から聞いた。
千尋　一つ聞いていい？
勲　……
千尋　なんで私に応援演説頼んだの？
勲　……
千尋　本当は、誰でもよかったの？
勲　……英語で話していいか。
千尋　話せるの？
勲　How are you?
千尋　（笑って）何それ？
勲　ほんとは、覚えてるんだ、千尋が最初に笑った時のこと。
千尋　……
勲　千尋が笑ってくれてうれしかった。さっきの太郎と花子の話、実は、あれ半分はアドリブ。
千尋 そうだったの？
勲 千尋を笑わすため頭をフル回転させて考えた。
千尋 なんで私を笑わそうとしたの？
勲 元気なさそうだったから。
千尋 ……
勲 あー、全然答えになってないね。
千尋 ……勲。私、応援演説やる。
勲 大丈夫なのか……田島……
千尋 全然大丈夫じゃないよ。でも、大丈夫。I think you're the right student for the head of the student council.
勲 えっ？ また英語。

由美とさやかが、二人の横を通って理科室に向かう。

千尋 Your promise is to fill our school with laughter. I like that.

由美とさやかが、振り返って千尋を見る。

勲 だから、俺、英語苦手だって……

千尋と勲が笑いながら退場する。

由美 英語で話してた。
さやか 千田先輩ってなんでもできるんだね。
由美 ……でも、指揮者賞は、ヒカル先輩にとってほしかったなー。
さやか そうだね。

アキが登場する。

アキ 由美。サチ先輩は？
由美 もう大丈夫みたい。図書室で本を返してから理科室に行くって言ってた。洋子が一緒にいる。

由美、さやか、アキが理科室に入る。三人が、ヒカルに「こんにちは」と言うが、ヒカルは答えない。

由美 ヒカル先輩。どうしたんですか？
ヒカル 由美。今日の合唱コンクールでわかったでしょ。私が、クラスでどんな存在か。
由美 ……

ヒカル　誰も歌わない中、指揮者の私が一人で歌ってる。ピエロでしかないよ。
由美　私、感動しました。
ヒカル　何に感動したの？
由美　誰も歌ってない中、歌ってる先輩に。
ヒカル　バカじゃないの。あんな私に感動するなんて。
由美　……バカなのかもしれません。でも、本当に感動したんです。
ヒカル　……
由美　ヒカル先輩。隠れてこそこそ歌っている私たちに、歌に対して失礼だって言ったの覚えてますか？
ヒカル　……
由美　先輩は、歌に対して失礼じゃないように歌ったんですよね。だから、自分のことピエロだなんて言わないでください。

洋子が佐知子を理科室のドアの前まで連れてくる。洋子が理科室に入ってくる。

アキ　サチ先輩は？
洋子　図書室で本を返した後、突然泣き出しちゃって、今、一緒にそこまで来たんだけど、みんなと会いたくないって。

理科室の中まで、佐知子の泣き声が聞こえてくる。重苦しい雰囲気が漂う。

ヒカル　(笑顔をつくって)みんな、サチのお別れ会始めるよ。
みんな　はい！

科学部員たちが、泣いている佐知子のまわりに集まる。佐知子が顔を上げる。

佐知子　……ヒカルちゃん、みんな、ごめんね。あんなに練習したのに、歌えなくって、ごめんね。

科学部員たちは、とまどってヒカルを見る。

ヒカル　歌えるよ。
佐知子　……
ヒカル　サチ。一緒に歌うよ、『イマジン』。
佐知子　(うなずく)

科学部員が、「サチ」または「サチ先輩」と言って佐知子を理科室の中に入れる。ヒカルが指揮を始める。みんなが『イマジン』を歌い出す。佐知子も歌に加わる。

♪Imagine there's no heaven

千尋と勲が廊下を歩いて戻ってくる。

♪It's easy if you try

千尋　（歌に気がつき、立ち止まって耳を澄ませる）『イマジン』か…

♪No hell below us

千尋　つらい時、この歌、心にしみるんだ。

♪Above us only sky

千尋と勲は理科室のドアの前に来ている。二人が理科室のドアを覗き込む。

千尋　（えっ）歌ってるの、科学部だ。

勲　科学部が何で『イマジン』？

♪Imagine all the people living for today

千尋　そっか、これサッちゃんのお別れ会か。

♪Imagine there's no countries

勲　なんか合唱部が歌ってるみたいだな。

♪It isn't hard to do

千尋　ねっ、あそこ、サッちゃん、歌ってる。

勲　ほんとだ。

♪Nothing to kill or die for

千尋　きれいだね、サッちゃんの声。

勲　うん。

♪And no religion too

千尋　お別れする前に、サッちゃんと歌いたかったな、『イマジン』。

♪Imagine all the people living life in peace

勲　（何かを思い出して）俺、なんでサチが倒れたか、わかった気がする。

千尋　えっ……

勲　千尋が指揮を始めようとしたとき、伊集院が突然立ち上がって、こうやって耳をふさいだんだ。あれ、「呪われる」って意味だったんだ。サチ、それ見て……

♪You may say I'm a dreamer

♪But I'm not the only one

千尋　そうだとしたら……ひどい、ひどいよ。

勲　……

千尋　ねっ、どうして、この声が呪いになるの？　こんなきれいな声なんだよ。こんな澄んだ声が、呪いになる？　呪いになるわけないじゃない。

勲　千尋……

♪I hope some day you'll join us

♪And the world will be as one

歌い終わった後、科学部員が佐知子にお別れの挨拶をする。千尋と勲はそれを見ている。

●二〇〇一年九月十一日(火)〜二十三日(月)　理科室&図書室

ナレーターが登場する。

ナレーター1　その翌日、サチがニューヨークに旅立つ二〇〇一年九月十一日。

ナレーター2　ニューヨークにあるワールドトレードセンターに旅客機が激突した。

ナレーター3　日本でそのニュースが流れたのは、夜の九時四十五分。

ナレーター1　しばらくして、二機目が激突した。

ナレーター2　「信じられないような映像をご覧いただいていますけれど、これは現実の映像です」とアナウンサーが叫んでいた。

ナレーター3　そして、アメリカの大手ラジオ会社が『イマジン』を放送自粛リストに入れた。

■理科室

舞台は理科室。科学部全員がそこにいる。そこに松本先生が入ってくる。

ヒカル　サチのこと何かわかりましたか？
松本先生　（首を振る）わかってるのは、テロに遭った飛行機には乗ってなかったってこと。
アキ　サチ先輩、今どんな気持ちでいるのかな？
ヒカル　サチに届けたいな『イマジン』。
由美　何かできないんですか、私達に。
ヒカル　やってみようかな。
由美　何をやるんですか？
ヒカル　生徒会選挙で『イマジン』を歌うの。
由美　『イマジン』……
ヒカル　ニューヨークにいるサチに、私達の『イマジン』届けたいの。平和への私達のメッセージを込めて、立会演説会で一緒に歌ってくれない？
由美　私、歌います。サチ先輩に『イマジン』が届くように。

科学部員が「歌いたい」という気持ちを次々に言っていく。

■図書室

舞台は図書室。千尋、勲、明日香、夏生、美里、玲奈がそこで話をしている。

明日香　私、あれ映画のワンシーンかと思った。まさか、ビルが崩れちゃうとは……
夏生　でも、あれだね、バカやってるやつは、いつも通りバカやってる……そんなもんなんだね。
明日香　バカやってるやつって？
夏生　伊集院。
明日香　あー。
夏生　あいつ、「貞子の呪いだ」って言ってた。
明日香　貞子の？
夏生　貞子がニューヨークに行ったから、テロが起こったんだって。

明日香、美里、玲奈が笑う。

千尋　やめて！

夏生 ……
千尋 （あっ）ごめん、大きな声出して。
そう言って千尋は図書室を出ていく。
夏生 千尋……
勲 千尋、ずっとサチの心配してるんだ。
夏生 ……明日香、私もバカの一人だ。
明日香 どうする？
夏生 （千尋が出ていったドアを見つめて）千尋！
そう言って夏生はドアに向かって走り出す。
明日香 千尋！
明日香が夏生の後を追う。勲、美里、玲奈がそれに続く。

■理科室

舞台は理科室。ヒカルを除いた科学部員が話をしている。
そこに千尋と勲が入ってくる。

千尋 マッチー先生、知らない？
みんな ……
千尋 あっ、サッちゃんのこと知りたくって。
由美 まだ、連絡とれないって言ってました。
千尋 そっか。
そこに、ヒカルが入ってくる。
ヒカル 『イマジン』、歌っちゃだめだって言われた。
由美 どうしてですか？
ヒカル 不公平になるって。
由美 それっておかしくないですか？
ヒカル 生徒会の北村先生にそう言ったよ。そしたら、ダメなものはダメだって。
重苦しい空気が流れる。
アキ ヒカル先輩。歌っちゃいましょうよ。
ヒカル ！
アキ ヒカル先輩が「歌って」って言えば、私、歌います。
さやか 私も歌います。

由美も洋子も「歌う」という意志を伝える。

ヒカル　……だめだよ。

由美　どうしてですか？

ヒカル　だめだって言わたのに、突然歌うなんて、テロになっちゃうよ。

由美　テロ？

ヒカル　歌うなら、ちゃんと認められて歌いたい。

由美　……

ヒカル　あーどうしてこうなんだろ。合唱コンクールじゃ自分の情けなさを思い知らされて、立会演説会で『イマジン』は歌えなくなって、大好きなサチは今どこにいるかわからない。悪いことだらけだ。

そう言って両ひざをついて頭を抱える。

千尋　きっと、いいこともあるよ。

ヒカル　（ゆっくりと顔を起こして千尋を睨みつける）同情しないで。

千尋　（えっ）……

ヒカル　私、千田さんみたいなスターじゃないの。会長選挙だって、千田さんたちには、勝てない。それもわかってるの。

千尋　そんなことわか……

ヒカル　わかってる！

千尋　……

ヒカル　わかってるの。私の人生、千田さんみたいにはいかないって。これから先、私にいいことなんてないって。

ここで佐知子が理科室に入ってくる。ただし、千尋以外はそれに気がつかない。

千尋　……いいことあるよ。

ヒカル　同情しないでって言ったよね。

千尋　同情じゃないよ！　ほら、あそこ。

千尋が指差したところに、佐知子が立っている。

ヒカル　サチ……

科学部員　サチ先輩……

佐知子　ヒカルちゃん。私、ニューヨークに行けなかった。飛行機がアメリカまで飛ばなかったの。ごめんね。私のためにお別れ会やってくれたのに、ここに戻ってきちゃって、ごめんね。

ヒカル　バカ、なに謝ってるんだよ！
佐知子　……ごめんなさい。
ヒカル　だから、謝るなって！
佐知子　……
千尋　ほら、いいことあったじゃない。
佐知子　私が戻ってきたことって、いいことなの？
ヒカル　バカ、当たり前だろ！
佐知子　……
ヒカル　お帰り、サチ。

ヒカルは佐知子に駆けよって、思いっきり抱きしめる。

佐知子　ヒカルちゃん！

千尋と勲そして科学部員が、佐知子とヒカルを囲んで輪になる。

千尋　サッちゃん、お帰り。
佐知子　うん。

みんなの目に喜びの涙。

●二〇〇一年九月二十四日(火)　体育館ステージ

そこは、体育館のステージ。そこで生徒会選挙の立会演説会が行われている。中央に演台としての長机が置かれている。会長候補とその応援演説者として、勲、千尋、ヒカルが座っている。由美はヒカルの応援演説者として演台を前にして立っている。

由美　生徒会長に多田ヒカル先輩を、よろしくお願いします。

由美が礼をして自分の席に戻る。ヒカルが演台に。

ヒカル　生徒会長に立候補した多田ヒカルです。私は『イマジン』という歌が大好きです。私は『イマジン』に歌われている、「誰もが平和に暮らす世界」を夢見ています。私は夢の実現のため、「イマジン・プロジェクト」に取り組みます。来月行われる文化祭で、この学校の生徒全員が『イマジン』を歌います。そして、その輪を学校の外に広げていくんです。You may say I'm a dreamer. みなさんは、そんなのは夢だと言うかもしれません。But I'm not the only one. でも、一緒に夢見てくれる人がいるはずだと、私は信じています。
私たちは、今日ここで、『イマジン』を歌う計画を立てました。でも、残念ながら実現できませんでした。もし、「イマジン・プロジェクト」に関心を持って、私たちの歌を聞いてみたいと思ってくれたら、放課後、理科室まで来てください。

声1　（客席から）その歌聞いたら、呪われませんか。

声2　さだこー。

客席から冷ややかな笑い声が聞こえてくる。次の瞬間、勲が立ち上がり、ヒカルの横に走っていく。

勲　笑うんじゃねー！

ヒカル・千尋　！

勲　貞子ってなんだよ。呪われるってなんだよ。お前たち、合唱コンクールの時も、同じことしたよな。こうやって耳塞いで、笑って。俺は、笑いあふれる学校を目指すって言ったけど、こんな笑いがあふれる学校は最低だ！

千尋が勲の横に立つ。

千尋　合唱コンクールで、私のクラスの仲間が、歌う直前に倒れました。彼女は、「歌声を聞くと呪われる」という噂を流され、悲しい思いを背負い続けてきました。その悲しい思いはニューヨークの学校に転校することでなくなるはずでしたが、アメリカに行けなくなって、昨日この学校に戻ってきました。
彼女が入っている科学部は、多田さんの応援演説の中で『イマジン』を歌う予定でした。でも、昨日、却下されました。
（ここで校長先生がいる方向を向いて）校長先生、お願いがあります。科学部が今ここで『イマジン』を歌うことを認めてください。

ヒカル　！

千尋　却下の理由は不公平だからだそうです。でも、私は不公平だと思ってません。

勲　俺も全然不公平だと思ってません。

千尋　私、科学部が、彼女のお別れ会で『イマジン』を歌ってるのを見ました。彼女も一緒に歌ってました。とってもきれいな歌声でした。今ここで、その歌声を聞いてもらえれば、「歌声を聞くと呪われる」なんて噂がどんなにくだらないか、みんなにわかってもらえるはずです。だから、科学部が、今ここで歌うことを認めてください。お願いします！

勲　お願いします！

千尋と勲が頭を下げる。

千尋　えっ、いいんですか。本当に、いいんですか。

ヒカル　……

千尋　多田さん。校長先生から、許可出たよ。

ヒカル　……

千尋　科学部の歌声聞かせてよ。これ、同情じゃないから。

ヒカル　(うなずいて) 科学部のみんな、ステージに集まって。

客席から科学部員が体育館ステージに集まってくる。

ヒカル　一言だけ言わせてください。呪われるって噂を流した人も、『イマジン』の歌詞にある、all the people の一人です。どうか、all the people の一人として、聞いてください、私たちの、(ここで佐知子がヒカルの隣に立つ) そして彼女の歌声を。

科学部員が体育館ステージ上に整列する。ヒカルがゆっくり手を挙げ、指揮を始める。科学部員が『イマジン』を歌い出す。

●二〇〇一年九月二十五日(水) 図書室

千尋と勲が図書室で勉強している。

千尋　Repeat after me. OK?

勲　OK.

千尋　Imagine all the people living life in peace.

勲　(たどたどしく) Imagine all the people living life in peace.

千尋　What does it mean?

勲　「みんなが平和に暮らしてることを想像して」ってことだろ。

千尋　That's right.

勲が図書室の窓から校庭を眺める。

勲　ソフト部のこと、後悔してないのか。

千尋　うん。だから、今ここにいられる。

勲　でも、どうして、わざわざ図書室？　英語の勉強するの俺たちの教室でよかったじゃん。

千尋　まっ、そんなことどうでもいいじゃない。

ヒカルが図書室に入ってくる。

ヒカル　おめでとう。

勲と千尋が振り向く。

ヒカル　（勲に）新生徒会長。

勲　俺が会長でよかったのかな……

ヒカル　ありがと。おかげで、『イマジン』歌えた。

勲　俺、やろうって決めたことがあるんだ。（千尋に）なっ。

千尋　うん。

ヒカル　何やるの？

勲　「イマジン・プロジェクト」

ヒカル　それ……

勲　今度の文化祭の最後に、生徒全員で『イマジン』を歌うんだ。

千尋　それを通すために、私、文化祭の実行委員になったんだ。勲だけじゃ不安だから。

勲　でさ、提案者の俺が『イマジン』歌えないとまずいじゃん。だから、俺、昨日から千尋に英語、教えてもらってるんだ。

千尋　もう、やになっちゃう。勲、英語全然だめだから。

ヒカル　千田さん、知ってる？　オノ・ヨーコさん、アメリカの新聞に広告を出したって。

千尋　どんな広告？

ヒカル　Imagine all the people living life in peace.

千尋　えっ、アメリカが戦争を始めようとしてる今　Imagine all the people living life in peace ……

ヒカル　（うなずく）

勲　みんなが平和に暮らしてることを想像して……か。

ヒカル　あっ、ごめん、二人の邪魔しちゃって。

千尋　えっ、何か勘違いしてない……

ヒカル　Good luck. Bye.

千尋・勲　……Bye.

ヒカルが図書室を出て行く。その時、図書室の窓からオレンジ色の夕日が差し込む。千尋が、奥から二番目の窓から外を見る。

千尋　勲。見て、あそこ。

勲も、同じ窓から外を見る。

勲　わー、図書室のこの場所って富士山を見る特等席だな。
千尋　でしょでしょ、だから…
勲　だから？
千尋　（首を振って）……なんでもない。
勲　俺、こんな夕日、生まれて初めて見た。
千尋　『イマジン』の歌詞にある Above us only sky って
こんな感じかな。
勲　俺たちの上には、ただ空があるだけ。
千尋　始まったばかりの二十一世紀、これからどうなるのかな。十年後、二十年後、三十年後、私たちどうなるのかな。
勲　聞いてみればいいじゃないか、未来の千尋に。
千尋　未来の私に？
勲　（うなずく）

千尋が空の彼方を見つめる。そして、そこにいる未来の自分に問いかける。

千尋　そこは、笑顔がいっぱい溢れている世界ですか？　戦争で誰かを殺したり、殺されたりすることはなくなってますか？　世界中の人が、平和な生活を送ってますか？

千尋は空の彼方を見つめ、しばらくして、ゆっくりうなずく。

勲　何だって？
千尋　答えは、私達が創る未来にあるって。
勲　俺達が創る未来か……
千尋　勲。続きやるよ。
勲　えっ、まだ続きやるの。
千尋　さっき、始めたばかりじゃない。さっ、そこに座って。
勲　はい、はい。
千尋　Repeat after me. OK?
勲　OK.
千尋　You may say I'm a dreamer.
勲　（たどたどしく）You may say I'm a dreamer（ドリーマー）.
千尋　No, no. Dreamer.
勲　Dreamer（ドリーマー）

コーラス隊が登場して、『イマジン』を You may say I'm a dreamer から歌い始める。その歌の中で、『イマジン』を使った英語の学習が続けられていく。

♪You may say I'm a dreamer
♪But I'm not the only one
♪I hope some day you'll join us
♪And the world will be as one

最後に千尋と勲が、再び夕焼け空を見つめる。

――幕――

セブン

ボブ・ディランがノーベル文学賞を受賞した二〇一六年のドラマです。

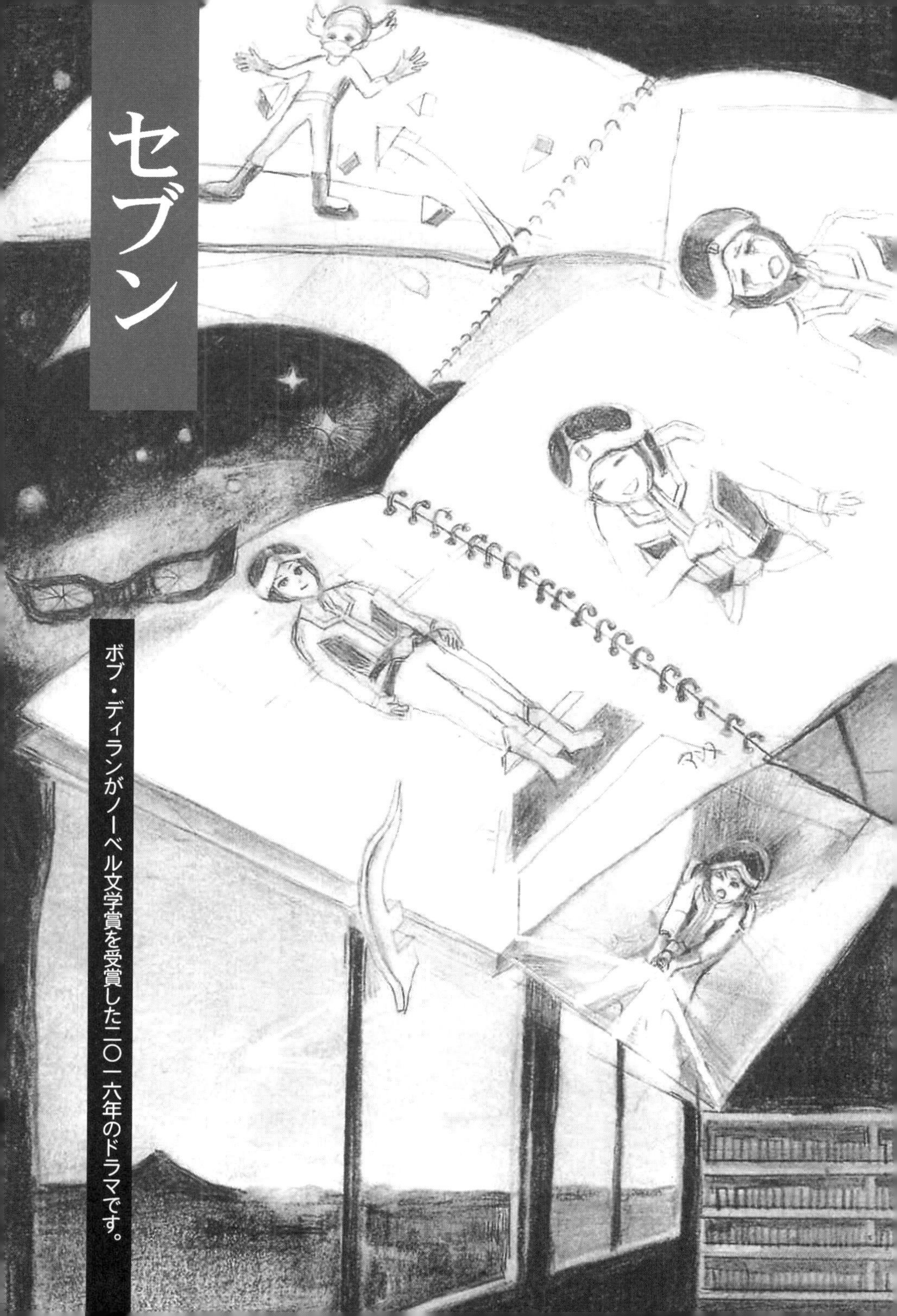

■登場人物　【　】は「シン・ウルトラセブン」での役名

新井友里　文芸部新部長（二年）図書委員　ウルトラセブンのファン　「シン・ウルトラセブン」を創作する
心の中の友里1【アンヌ……ウルトラ警備隊隊員・最強の女性スナイパー】
心の中の友里2【ノエル……マース星の少年兵】
心の中の友里3【ダン……地球人に変身したときのウルトラセブン】
金城《きんじょう》翼　演劇部（二年）図書委員　友里の幼なじみ　ウルトラセブンのファン
成田森一　演劇部（二年）図書委員　友里の幼なじみ　ウルトラセブンのファン

市川ナナ　七つ森中学校に転校してきた生徒（二年）いつもマスクをしている

郷原千夏【クラハシ長官……ウルトラ警備隊のトップ】生徒会長（二年）朝会で「イジメゼロ宣言」を行う
東田梨々花　生徒会役員（二年）
佐々木蓮　生徒会役員（二年）
福田美優　ナナと同じクラスの生徒（二年）
手島瑠璃　ナナと同じクラスの生徒（二年）

小森みどり　前・文芸部部長（三年）　村上春樹のファン

ナレーター1〜4

●プロローグ

そこは七つ森中学校の図書室。『セブン』の登場人物が椅子に座って図書室の本を読んでいる。『セブン』の登場人物が本を読むのをやめて立ち上がり、アカペラで『風に吹かれて』の一番を歌う。

♪How many roads must a man walk down
Before you call him a man?
How many seas must a white dove sail
Before she sleeps in the sand?
How many times must the cannonballs fly
Before they're forever banned?
The answer, my friend, is blowin' in the wind
The answer is blowin' in the wind　♪

続いて『風に吹かれて』が、ハミングで歌われる。ナレーターが登場する。

ナレーター1　二〇一六年の話をしよう。
ナレーター2　ウルトラシリーズ五十周年にあたり、
ナレーター3　『ウルトラマンオーブ』が始まり、
ナレーター4　『シン・ゴジラ』が大ヒットした、
ナレーター1　二〇一六年の話をしよう。
ナレーター2　ボブ・ディランがノーベル文学賞を受賞して世界を驚かせ、
ナレーター3　将棋で藤井聡太が中学2年でプロになり、
ナレーター4　彼の連勝記録が始まった、
ナレーター1　二〇一六年の話をしよう。
ナレーター2　コロナの波が押し寄せることをまだ知らない、
ナレーター3　オンライン授業が始まることをまだ知らない、
ナレーター4　ウクライナで戦争が始まることをまだ知らない、
ナレーター1　二〇一六年の話をしよう。
ナレーター2　それは、大きな話じゃない。
ナレーター3　それは、風に吹かれて飛んでいってしまうようなちっぽけな話。
ナレーター4　そんな
ナレーター全員　二〇一六年の話をしよう。

登場人物の中で友里と心の中の友里三人が図書室に残り、ナレーターとその他の登場人物は退場する。

■二〇一六年十月十三日(木)

友里　私の名前は新井友里。七つ森中学校の二年生。ごく普通の女の子に見えるように、一生懸命ごく普通の女の子を演じている。私の頭の中にはしゃべり方も考え方も性別までもバラバラの複数形の住人がいる。それは、こんな感じ。

三人の心の中の友里が、それぞれの個性を表現してポーズをとる。

友里　これが私の頭の中。

心の中の友里1が前に出てきて友里の隣に立つ。

友里　みんな私自身なんだけど、その中でも私の本心と言っていいのがこいつ。こいつは私以上に私のことを知ってる。っていうことで私と一緒に私のこと紹介して。

心の中の友里1　わかった。友里には秘密にしていることがある。その秘密は……

友里　私はウルトラシリーズが大好き。特にお気に入りなのが

心の中の友里達　『ウルトラセブン』！

心の中の友里1　『ウルトラセブン』が放送されたのは一九六七年。私が生まれるずっと前なんだけどね。

友里　私はそのすべての回のタイトルと宇宙人を言うことができる。

心の中の友里1　幼稚園の頃の私は、それが当たり前だと思ってた。

友里　でも、そうじゃなかった。

心の中の友里2　えー、この世界に『ウルトラセブン』を知らない人がいるの?!　(心の中の友里1に)セブンに変身する、モロボシ・ダンって知ってる?

心の中の友里1　知らない。

心の中の友里2　(心の中の友里3に)ダンを愛してしまう、ウルトラ警備隊のアンヌ隊員知ってる?

心の中の友里3　知らない。

友里　知ってる人がいても男子ばかり。女子で『ウルトラセブン』が好きなのは私一人。私は絶滅危惧種だった。

心の中の友里2　友里ちゃんって変わってるね。

友里　なんて、言われるのが嫌で、私は『セブン』が好きなことを秘密にすることにした。

心の中の友里1　ただ、七つ森中学校には私の秘密を知っている生徒が二人いる。それは……

金城翼と成田森一が登場する。

翼　俺は金城翼。
森一　僕は成田森一。
友里　二人が私の秘密を知っている理由は、幼稚園までさかのぼらなければならない。

心の中の友里2が友里の横に歩いていき幼稚園児の友里を演じる。

友里　これが幼稚園の時の私。
翼　俺達三人は、毎日ウルトラセブンごっこをやっていた。
幼稚園児の友里　私はアンヌ。
森一　（幼稚園児として両ひざをついて演じる）僕はダン。
翼　（幼稚園児として両ひざをついて演じる）そして、俺はウルトラセブン。
友里　そんな私達に別れの時がやってきた。
翼　（立ち上がって）小学校への入学だ。
森一　（立ち上がって）忘れもしない、幼稚園最後の日に行われたお別れ学芸会。
翼　俺達が演じたのは『ウルトラセブン・最終回』。アクション、スタート。

森一と翼は再び両ひざをついて幼稚園児を演じる。

ダン【森一】　「アンヌ……僕は人間じゃないんだ。M七八星雲から来たウルトラセブンなんだ！」
アンヌ【幼稚園児の友里】　！

『シューマン作曲ピアノ協奏曲イ短調』がかかる。（この曲は『ウルトラセブン』最終回、ダンがアンヌに正体を明かすシーンで実際に、使用された。）

ダン【森一】　「……ビックリしただろ？」
アンヌ【幼稚園児の友里】　「いいえ、人間であろうと宇宙人であろうとダンはダンで変わりないじゃない。例えウルトラセブンでも」
ダン【森一】　「ありがとう、アンヌ。今話した通り、僕は七つ森小学校に行かなければならないんだ。西の空に、宵の明星が輝く頃、一つの光が宇宙に飛んでいく。それが僕なんだよ。……さよなら、アンヌ」
アンヌ【幼稚園児の友里】　「待って！　ダン。行かないで」
セブン【翼】　「デュワ」（ウルトラセブンに変身するポーズをして静止する）

翼と森一は、別々の方向に向かって歩いていく。それと共に、音楽が消えていく。

友里　学区が違う私達三人は、別々の小学校に通い始めた。

心の中の友里1　その三人が、中学校で再び出会うことになる。

友里　また会えるんだね。翼と森一に会えるんだね。

心の中の友里1　どんな出会いになるのか、ワクワクする。

翼と森一が、帰っていった方向から歩いて戻ってきて友里と出会う。翼と森一は友里を見て立ち止まる。その後「よっ」と言って、手をあげる。

友里　「よっ」

翼と森一はそのまま歩いていく。

心の中の友里達　えー！

心の中の友里1　再会は、そんなあっさりしたものだった。

友里　本が大好きな私は文芸部に入った。

翼と森一が登場する。

心の中の友里1　翼と森一は……

翼　俺は演劇部に入った。

森一　僕も演劇部に入った。

友里　それを知った時、私も演劇部に入ればよかったと少し後悔した。

心の中の友里1　そして、二〇一六年が始まり、私達は二年生になった。

友里　一年も二年も別々のクラスだった私達。そんな私達三人が、一緒になれる魔法の時間が図書室で生まれた。

心の中の友里1　私達三人は図書委員になった。そして、木曜日の昼休みの図書当番になった。

翼が本の整理をしている。森一は読書をするための長机を運んできて中央に置く。

翼　（ミヒャエル・エンデの『モモ』を手にして）森一、この『モモ』って本、野菜のコーナーでいいんだよな。

森一　いやー『モモ』は野菜じゃなくて、果物でしょ。

翼　そっか。

友里　それ『桃』じゃなくて『モモ』だよ。『モモ』は野菜でも果物でもないよ。それ有名な小説だよ。
森一　そっか、小説なのか……
翼　（友里に聞こえないように）森一。どっちが最初に話しかけるか決めようぜ。
森一　えー、僕は無理。絶対無理。
翼　それじゃ、じゃんけんで決めよう。
森一　じゃんけん?!
翼　最初はグー、じゃんけんぽん。（あいこである）あいこでしょ。

負けたのは森一。友里が二人に近づいてくる。

友里　二人とも、どうしたの？
森一　……新井さん。
心の中の友里達　新井さん？
友里　なに、その新井さんって。
森一　あー、話すの久しぶりだから……
友里　昔みたいに友里ちゃんでいいよ。
森一　友里ちゃん?!　友里ちゃんはちょっと……
友里　それじゃ友里。
森一　わかった。（勇気を出して）友里！
友里　なに？
森一　読書感想文、おめでとう。すごいね、文部科学大臣賞とるなんて。
友里　ありがと（う）。
森一　なんて本だっけ。
友里　『戦争は女の顔をしていない』
翼　それって有名な本なのか？
友里　去年ノーベル文学賞とったアレクシエーヴィチが書いた本。
翼　アレク……

翼が考え込んだところで翼と森一は静止する。

心の中の友里1　二〇一六年にアレクシエーヴィチを知ってる人は、私の周りには一人もいなかった。
友里　『戦争は女の顔をしていない』を読むきっかけを作ってくれたのは、文芸部の小森先輩。
心の中の友里3　正直言って苦手な先輩だ。

小森みどりが友里の回想として登場する。

小森　アレクシエーヴィチって誰？　なんで村上春樹じゃないの？　『戦争は女の顔をしていない』って何？　第二次世界大戦で戦ったソ連の女の人の証言をまとめたドキュメンタリー？　それって文学じゃないじゃん。それがなんでノーベル文学賞。これおかしいよ。

友里　先輩は『戦争は女の顔をしていない』読んだんですか？

小森　読むわけないじゃん。だって面白くないに決まってるもん。

小森が図書室を出ていく。

心の中の友里1　小森先輩のこの言葉が決め手になった。

友里　私は『戦争は女の顔をしていない』を読み始めた。

心の中の友里1　小森先輩が憎むほど嫌いな本って、きっと面白い！

友里　私の直感は見事に当たった。そして、その本の読書感想文で文部科学大臣賞を受賞した。

翼と森一が動き出す。

友里　森一。どうしたの、汗なんかかいちゃって。

森一　……

翼　もー、しょうがないな。友里、頼みたいことがあるんだ。

友里　頼みたいこと？（心の中の友里達はその依頼に興味津々となる）

翼　脚本書いてくれないか？

心の中の友里達　脚本?!

友里　私、脚本なんて書いたことないよ。

翼　でも文部科学大臣賞だよな。

心の中の友里達　そうだけど……

友里　どんな脚本書いてほしいの？

翼　『シン・ウルトラセブン』

心の中の友里達　『シン・ウルトラセブン』?!

森一　僕、翼と二人で『シン・ゴジラ』見たんだ。

友里　あー、私も見たよ。大ヒットだったね。

森一　見終わった後、翼が突然叫んだんだ。

心の中の友里達　なんて？
友里　なんて叫んだの？
翼　「次は『シン・ウルトラセブン』だ！」
友里　そう叫んだんだ。
森一　その後、翼、演劇部の脚本会議で提案しちゃったんだ。
友里　なにを提案したの？
心の中の友里達　なにを？
翼　「次の劇、『シン・ウルトラセブン』にしようぜ」
友里　それで？
翼　笑われた。
心の中の友里達　笑われた？
翼　そして、怒られた。
心の中の友里達　どんなふうに？
友里　どんなふうに怒られたの？

翼　（古田先生の口調で）「そんな子ども向けの話、やれるわけないでしょ！」
心の中の友里1　『ウルトラセブン』は子ども向けの話じゃない！
翼　「『ウルトラセブン』は子ども向けの話じゃない！」
森一　そう反論したら……
心の中の友里達　反論したら？
翼　（古田先生の口調で）「どうしてもやりたいなら、次の脚本会議で脚本提出して」
森一　そう、古田先生に言われて。
心の中の友里達　言われて？
翼　俺はあきらめた。
心の中の友里達　あきらめたんだ。
翼　でも、

心の中の友里達　でも？
翼　突然、森一が古田先生の前まで歩いて行って、言ったんだ。
心の中の友里達　なんて？
友里　なんて言ったの？
森一　「わかりました。提出します」
心の中の友里達　えー！
友里　森一、ほんとに、そう言ったの？
森一　なんか悔しくって、『セブン』がバカにされるの。
翼　それで、次の脚本会議で『シン・ウルトラセブン』の脚本提出することになった。
森一　でも、僕たちに脚本なんて書けるわけないよね。それで……
友里　私に頼むことにした？
翼　なんせ、文部科学大臣賞だから。
友里・心の中の友里達　あー。

森一　でも、友里は『セブン』卒業しちゃったよね。女の子だから……
友里　女の子は『セブン』、卒業するもんなの。
森一　そういうもんなのかなって。
心の中の友里達　卒業してないよ。
友里　私、今でも大好きだよ、『セブン』。
翼・森一　マジ！
心の中の友里達　マジだよ。
友里　周りには秘密にしてるけど……
翼　頼む。俺たちのために『シン・ウルトラセブン』創ってくれ。
友里　次の脚本会議っていつなの？
森一　十一月四日。
心の中の友里達　えー！
友里　今日って十月十三日だよ。

森一　やっぱり無理だよね。
翼　無理かー
友里　（振り返って心の中の友里達を見つめる）
心の中の友里1　やってみたら。
心の中の友里達　やれ！　やるんだ！
友里　わかった。創ってみる。
翼・森一　マジ！
友里　で、どんなストーリーにすればいいの？
翼　それが……全然考えてないんだ……

心の中の友里達はこの返事にガクッとなる。

友里　こうしてほしいってことは一つもないの？
翼　ない。

心の中の友里達はこの返事にガクッとなる。

翼　でも、森一はあるんだよな。
森一　えっ……
翼　森一。言っちゃえよ。
友里　森一。教えてよ。
森一　……こうしてほしいってことはないんだ。でも、こうしてほしくないってことが一つ。
友里　こうしてほしくないことって？
森一　ラストシーンで、セブンがM七八星雲に帰ること。
友里　どうして帰っちゃいけないの？
森一　宇宙人のセブンと地球人のアンヌが、地球で一緒に生きていくラストもいいかなって思うんだ。
友里　……わかった。セブンが地球に残れるラスト、考えてみる……
森一　ほんとに？
友里　うん。翼、森一、ありがと（う）。私をまた『セブン』の世界に連れてきてくれて。

翼と森一が退場する。

心の中の友里1　二〇一六年十月十三日、私は『シン・ウルトラセブン』を創り始めた。
友里　その日、ボブ・ディランがノーベル文学賞を受賞した。
心の中の友里2　そして、次の日。
心の中の友里3　小森先輩がやってきた。

小森が登場する。

小森　なんで村上春樹じゃなくってボブ・ディランなわけ。ボブ・ディランって歌手じゃない。なんで歌手がノーベル文学賞なわけ。これおかしいよ。

友里　先輩はボブ・ディランの曲、聴いたことあるんですか？

小森　あるわけないじゃん。だって面白くないに決まってるもん。

小森が図書室を出ていく。

心の中の友里1　小森先輩のこの言葉が決め手になった。

友里　私は、ボブ・ディランの曲を聴き始めた。

心の中の友里1　小森先輩が憎むほど嫌いな曲って、きっと面白い！

友里　私の直感は見事に当たった。

心の中の友里1　私の一番のお気に入りは、『風に吹かれて』。

友里&心の中の友里1　（歌う）How many roads must a man walk down　Before you call him a man?

友里　「どれだけの道を歩いたら、人として認められるのか」

心の中の友里1　『風に吹かれて』はそんな問いかけで、歌詞が創られている。

心の中の友里2　ねっ、ボブ・ディランがノーベル賞をとったことで、この世界の何かが変わるのかな？

心の中の友里1　（歌う）The answer, my friend,

心の中の友里2　（歌の終わりで）「友よ、その答えは……」

友里&心の中の友里1　（歌う）is blowin' in the wind.

心の中の友里2　（歌の終わりで）「風に吹かれている……」

友里&心の中の友里1　（歌う）The answer is blowin' in the wind.

心の中の友里2　（歌の終わりで）「答えは風に吹かれている」

『セブン』の登場人物がコーラス隊として歌いながら登場する。

コーラス隊　The answer, my friend, is blowin' in the wind. The answer is blowin' in the wind.

友里と心の中の友里が図書室に残り、その他の登場人物は退場する。

■二〇一六年十月二十日(木)

友里が図書室の中央にある机にむかい、ノートパソコンを使って『シン・ウルトラセブン』を創っている。

友里　『ウルトラセブン』なんだから、宇宙人は絶対必要だよね。

心の中の友里1　地球侵略を企んでる宇宙人との戦いがベースだもんね。

友里　どんな宇宙人にしたらいい？

心の中の友里1　演劇部の発表じゃ着ぐるみ作るのは無理だよね。

心の中の友里2　僕達と同じ姿の宇宙人でいいんじゃない。

心の中の友里1　それだとウルトラ警備隊が戦うとき、誰が宇宙人だかわからないよね。

心の中の友里3　「宇宙人だと思って撃ったら地球人だった。ごめんなさい」ってわけにはいかないよな。

心の中の友里達　うーん。

友里　マスクはどうかな。

心の中の友里達　マスク？

友里　宇宙人はマスクをしてるの。

心の中の友里2　マスクなら簡単に用意できるね。

友里　マスクをとると、その下に宇宙人の顔が現れる。

心の中の友里3　名前はマスク星人！

心の中の友里1　マスク星人？　それダサくない。

友里　マース星人はどう？

心の中の友里達　マース星人？

心の中の友里1　それ、いい！

心の中の友里3　マース星人と戦うのはウルトラ警備隊だよね。

友里　そうだね。

心の中の友里3　よし、それは俺の役目だ。

友里　ごめん。それ、アンヌにやらせたいんだ。

心の中の友里3　アンヌ？　アンヌは女だよ。

友里　『シン・ウルトラセブン』は女の私だから書ける『セブン』にしたいの。主役はアンヌ！　そして、アンヌは最強の女性スナイパー。

心の中の友里1　ＯＫ！　アンヌの役は私に任せて。

そう言って心の中の友里1はウルトラガンを持って立つ。

友里　マース星人は、七つ森市のとあるマンションで地球侵略の準備をしていた。アンヌはそのマンションに潜入する。

心の中の友里1がマンションに潜入する。

友里　そこでマース星人との銃撃戦が始まる。

銃を撃ち合う音が響く。アンヌはウルトラガンを撃って、次々とマース星人を倒していく。心の中の友里達はアンヌを応援する。

友里　とうとうマース星人は最後の一人に。ただ、そいつはとてつもなく強かった。アンヌ！

心の中の友里達　危ない！

心の中の友里3　いよいよここでセブンの登場だ。待ってました！

心の中の友里達　ウルトラセブン！

『ウルトラセブン・主題歌』がかかる。

友里　だめだめ！　これじゃ、今までの『セブン』と同じ。『シン・ウルトラセブン』にならない。

図書室に福田美優、東田梨々花、手島瑠璃の三人が入ってくる。美優は手にスケッチブックを持っている。そのスケッチブックの中に描かれている絵を、梨々花と瑠璃に見せる。

美優　じゃーん。

そこには、『セブン』に登場するビラ星人という宇宙人が描かれている。

心の中の友里達　えっ?!

心の中の友里1　セブンに出てくるビラ星人じゃない。

梨々花　なにそれ、エビ？

瑠璃　エビだよね、それ。

美優　エビ星人とかいうんじゃないの。

心の中の友里3　えっ、なんでビラ星人知らないわけ？

心の中の友里1　それじゃ、それ（スケッチブックを指して）、誰のスケッチブック？

美優がスケッチブックのページをめくる。

美優　次は、じゃーん。

そこには、『セブン』に登場するチブル星人という宇宙人が描かれている。

梨々花　それタコだよ。
瑠璃　うん。絶対タコ。
美優　タコ星人に決まり！
心の中の友里1　違う！
心の中の友里達　チブル星人！
美優　次は、じゃーん。

そこには、『セブン』に登場するメトロン星人という宇宙人が描かれている。

梨々花　あー、それ見たことある。おもちゃ売り場で売ってた。なんか魚みたいだね。
瑠璃　お魚星人。
美優　なんか弱そうだね、お魚星人。
心の中の友里1　違う！
心の中の友里達　メトロン星人！
美優　なっ、あいつが描いてるの宇宙人の絵だろ。
梨々花　仲間の絵描いてんじゃないの。あいつ、宇宙人だから。（そう言って笑い転げる）
美優　あいつ、いっつもマスクしてるんだ。転校してこの学校に来てから一度もマスクとってない。
梨々花　給食の時はどうしてるの？
瑠璃　マスクしてる。
梨々花　給食の時も?!
瑠璃　マスクしたまま食べてる。
梨々花　マジ！　あいつってマスク星人なんじゃない。
美優　マスク星人、それいい！

美優がスケッチブックのページをめくる。

美優　更にもう一枚、じゃーん。

そこには、『セブン』に登場するフック星人という宇宙人が描かれている。

梨々花　何、その宇宙人？

瑠璃　なんか変な模様がついてるね。

心の中の友里1　フック星人だよ。

その時、森一と翼が図書室に入ってくる。

翼　フック星人じゃん。

心の中の友里達　えー！

森一　よく描けてるな、この絵。（美優に）ちょっと見てもいい？

美優　うん。

森一と翼は、美優からスケッチブックを受け取り、宇宙人の絵を見始める。

森一・翼　ビラ星人。

翼　うまいなー、この絵。

二人は次の絵を見る。

森一・翼　チブル星人。

翼　宇宙最高の頭脳を持った宇宙人。

二人は次の絵を見る。

森一・翼　メトロン星人。

翼　よかったよな、夕日の中の戦い。

二人は次の絵を見る。

森一・翼　（スケッチブックで最初に見た宇宙人なので軽く流して）フック星人。

二人は次の絵を見る。そこには『セブン』の宇宙人ではない、少年にも少女にも見えるマスクをした宇宙人が描かれている。

森一　あれっ、これセブンの宇宙人じゃないね。（美優に）これって何星人？

美優　（二人に）行こう。

美優、梨々花、瑠璃の三人が図書室を出ていく。それと入れ替わる形で市川ナナが図書室に入ってくる。ナナはマスクをしている。

森一　（美優たちを追いかけて）あっ、ちょっとこのスケッチブック。

ナナが森一の持っているスケッチブックに気づく。

ナナ　それ、返してくれますか。
森一　これ、君のスケッチブック？
ナナ　そうですけど。
心の中の友里達　えー！
心の中の友里1　『セブン』に出てくる宇宙人の絵、あの子が描いてたんだ。
ナナ　どうしてここにあるんですか？
森一　どうしてって……
友里　それ、さっき出ていった三人がここに持ってきたの。
ナナ　あー（なるほどという感じでうなずいて）
森一　この最後の絵、『セブン』に出てきた宇宙人じゃないね。これ、何星人？
心の中の友里達　何星人？
ナナ　それって、答えなくちゃいけませんか？
心の中の友里1　答えて！　私は知りたい。
森一　別に、答えなくていいけど……
心の中の友里達　えー！
ナナ　それ、いいですか？
森一　あっ。

森一はナナにスケッチブックを渡す。ナナはそれを受け取り、図書室を出ていこうとする。

心の中の友里達　待って！
友里　待って！

ナナが振り返る。

ナナ　なんですか？

友里　……『ウルトラセブン』好き？

心の中の友里達　好きだよね？

ナナ　……嫌いです。

心の中の友里達　えー！

ナナが図書室を出ていく。

森一　（友里に）最後の絵、『セブン』の宇宙人じゃなかったね。

友里　気になるな、最後の宇宙人の絵……

心の中の友里2　ねっ、あの子にとって、宇宙人ってなんなのかな？

心の中の友里1　（歌う）The answer, my friend,

友里＆心の中の友里1　（歌う）is blowin' in the wind.
The answer is blowin' in the wind.

『セブン』の登場人物がコーラス隊として歌いながら登場する。

コーラス隊　The answer, my friend, is blowin' in the wind. The answer is blowin' in the wind.

次の場面は生徒朝会。コーラス隊が、生徒会長の話を聞く生徒達となる。

■二〇一六年十月二十七日(木)

そこは体育館の壇上。中央に生徒会長の郷原千夏が立つ。その両側に生徒会役員の東田梨々花と佐々木蓮が立つ。本来なら客席側が体育館フロアーとなるのだが、生徒会関係者とその話を聞く生徒達を同じ舞台上で見せるため、生徒会関係者の後ろ側を体育館フロアーと設定する。そのフロアーに椅子が置かれていて、七つ森中学校の生徒が座っている。その中央に友里が座っている。友里の周りを心の中の友里達が囲んでいる。

梨々花　今日の生徒朝会は、生徒会長による「いじめゼロ宣言」です。郷原千夏さん、よろしくお願いします。

千夏　（礼をする）「いじめゼロ宣言」これは私が生徒会長と

なって最初の仕事になります。私は、いじめは絶対にあってはいけないことだと思います。そして、いじめから目をそらすことも絶対にいけないことだと思います。私はいじめを見たら勇気を出して「やめなよ」と言いたいと思います。優しさと思いやりはすべての人を一つにします。私が大切にしたいのは優しさと思いやりに満ちた笑顔のバトンです。笑顔を次の人その次の人へと渡していきましょう。そして、この七つ森中学校をそんな笑顔で包まれた日本一の学校にしていきましょう。

これからいじめについてどう思っているか、みなさんに聞いてみたいと思います。

「いじめは絶対にいけない！」そう思っている人は手をあげてください。

生徒達はすぐに手をあげる。友里は少し遅れて手をあげる。

千夏　全員ですね。ありがとうございます。七つ森中学校のみなさん。「いじめゼロ」を目指すために、次の三つことを守りましょう。

梨々花　一つ！

梨々花・蓮　私達は、いじめを絶対にしない。

梨々花　二つ！

梨々花・蓮　私達は、いじめを見たら絶対に止める。

梨々花　三つ！

梨々花・蓮　私達は、一人一人の違いを理解し、尊重する。

千夏　私の話は以上です。最後に、この七つ森中学校からいじめがなくなることに賛成の人、静かにその場に立ってください。

生徒達はすぐに立つ。友里はすぐには立たないが、心の中の友里3に手を引っ張られて立つ。

千夏　（全体を見まわして）全員ですね。これで生徒会による「いじめゼロ宣言」を終わりにします。

千夏・梨々花・蓮　ありがとうございました。

自然と拍手が起きる。拍手の中で、生徒会役員と生徒達は退場する。友里と心の中の友里はその場に残る。そこは図書室となる。

心の中の友里3　勘弁してくれよ。あそこで立たないのはまずいだろ。立たないって、「いじめゼロ宣言」に反対するってことだぞ。

友里　いじめはだめだよ。それはわかってる。でも……

心の中の友里達　でも……

友里　立ちたくなかった。

心の中の友里3　ともかく、立ってよかったよ。あそこで立たなかったら、絶対内田に呼び出されてた。

心の中の友里達　あー。

心の中の友里2　でも、会長「一人一人の違いを理解し、尊重する」って言ってたよ。

友里　立たないことも違いだよね。

心の中の友里3　とにかく立って正解。もうこのことはこれで終わりにしようぜ。

図書室に翼と森一が入ってくる。森一はスケッチブックを持っている。

翼　友里、『シン・ウルトラセブン』進んでる？

友里　とりあえず、最後まで創ってみた。でも、「シン」がつくような『セブン』じゃないんだ。

翼　そっか……

友里　森一。この前、美術の作品で表彰されてたよね。

森一　あー。

友里　マース星人のイメージ画描いてもらえないかな？

森一　マース星人？

友里　マース星人は『シン・ウルトラセブン』に登場するマスクをした宇宙人。森一、幼稚園の頃、よく宇宙人の絵描いてたじゃない。

森一　今は、宇宙人の絵は描いてないんだ。

翼　でも『セブン』に関係する絵は描いてるよな、そのスケッチブックの中に。

友里　そうなの？

翼　森一。友里に見せてやれよ。

友里　見せてよ。

森一　だめ、だめ、だめ。見せるなんて絶対無理。

小森が図書室に入ってくる。

小森　友里。どう？　部長の仕事慣れた？

友里　まあ、なんとか。

小森　昼休みよくこの図書室に来て、そこの席で一人でいる子ってわかるかな？

友里　いつもマスクしてる子ですか？

小森　そうそう、マスクの子。名前、市川ナナっていうんだけど。文芸部に入るかもしれないって噂があるんだよ。でね、もし入部届持ってきても、絶対入れちゃだめだよ。

心の中の友里　入れちゃだめ？
友里　私にそんな権限ないです。
小森　そこをどうにかするの。
友里　なんで入れちゃダメなんですか？
小森　市川って、一年の中でめちゃくちゃ評判悪いんだって。誰とも話さなくて、いつもマスクしてるからマスク星人って言われてるらしい。今日もやってくれたしね。
友里　今日？
小森　あれ、聞いてない？
友里　何をですか？
小森　会長の「いじめゼロ宣言」の後、みんな立ったよね。でも、全校であいつだけ立たなかったんだ。
心の中の友里達　えー！
友里　（立ち上がって）立たなかった生徒がいたんですか?!
小森　市川って先月転校してきたからクラスの一番後ろに座ってるだろ。それで、ほとんどの人が気づかなかったけど、そうなんだって。それって「いじめ賛成宣言」みたいなもんじゃない。そんな子がうちの部にいたらどう？あー、噂をすれば……
図書室にナナが入ってきて、いつもの場所に座る。ナナはバッグから本を取り出して読み始める。
小森　それじゃ、今言ったことよろしくね。
友里　……
小森が図書室を出ていく。それと入れ違いに生徒会長の千夏、生徒会役員の梨々花、蓮、ナナと同じクラスの美優、瑠璃が図書室に入ってきて、ナナの前に立つ。ナナが顔をあげる。ナナは今日もマスクをしている。

千夏　市川ナナさんだよね。
ナナ　……
千夏　なんで「いじめゼロ宣言」に賛成してくれなかったの？
ナナ　……つまらない質問するんですね。
千夏　つまらない質問？
ナナ　その質問、もう内田からされました。
千夏　内田って……
ナナ　担任の内田先生です。
千夏　あれっていじめを肯定したってことだよね。
ナナ　肯定なんかしてません。

千夏　それじゃ、なんで立たなかったの？
ナナ　立ちたくなかったからです。
千夏　それ、答えになってないよ。
ナナ　本当の気持ちを言ってもどうせわかってもらえないんで、答えません。
瑠璃　なんでいつもマスクしてるの？
ナナ　私、みんなマスクをしなくちゃいけない世界から来たんです。
瑠璃　はい？
美優　給食の時、誰とも話さないで本読んでるのはなんで？
ナナ　給食は無言で食べなければいけないって約束のある世界から来たんです。
蓮　転校してくる前の学校って、そんな学校だったのか？
ナナ　はい。
千夏　あのさ、みんながマスクをしなくちゃいけない世界とか、給食を無言で食べなくちゃいけないって約束がある世界なんてあるわけないよね。風邪ひいてるわけじゃないんでしょ。「いじめゼロ宣言」の中で話したけど、私は、笑顔のバトンを大切にしたいの。マスクしてちゃ、笑顔つくれないよね。
ナナ　……
千夏　（バンと机をたたいて）ねっ、何か言いなよ！
ナナ　……
心の中の友里1　一言言ってもいいかな。
心の中の友里3　やめろ！　やめてくれ！
千夏　黙ってたら何も伝わらないよね。
心の中の友里1　（友里に迫って）そうだよ、黙ってたら何も伝わらないよ。
友里　千夏！
心の中の友里3　あーあ、始まっちゃった。
千夏　なに？
心の中の友里2　（友里の前まで行って）僕も戦う。
心の中の友里3　えー！
友里　「いじめゼロ宣言」って誰が提案したんだっけ？
千夏　なにが言いたいの？
友里　一人一人の違いを大切にしたいんだよね？

千夏　……

友里　マスクをするのは違いじゃないの？　給食の時だれとも話さないで本読んでるのは違いじゃないの？

千夏　だから私は笑顔のバトンを……

友里　マスクしてたって笑顔はわかるよ。

千夏　……

友里　千夏。本気でこの学校からいじめがなくなるって思ってる？

千夏　思ってるよ。

友里　東田さん。

梨々花　はい。

友里　生徒会役員だよね。

梨々花　はい。

友里　この前、彼女のスケッチブック勝手に持ってきて、そこで見てなかった？　そこの二人と一緒に。

梨々花　……

心の中の友里1　見てたよね。

友里　彼女がいないところで、彼女のこと「マスク星人」って言ってたよね。

梨々花　……言ってません。

友里　そう言うしかないよね。だって彼女のこと影で「マスク星人」って言うことって、いじめだもんね。

梨々花　そんなつもりは……

友里　そんなつもりは？　それ、言ったってことだよ。

梨々花　（はっとする）

友里　いじめって、自分はやってるつもりないいんだって。

梨々花　……

友里　千夏。まだ彼女が立たなかった理由聞きたい？

千夏　……

友里　どうしても聞きたければ、千夏一人で聞けば？　見て、五対一だよ。相手は一年なのに。もうやめた方がいいんじゃない。

心の中の友里1　そうだ！

心の中の友里達　やめろ！

千夏　私、（心の中の友里達が臨戦態勢となる）やめる。

心の中の友里達　（ガクッとなる）えっ！

心の中の友里1　やめるの？

千夏　……友里。言い訳みたいになっちゃうけど、全員を立たせるのって、私が考えたんじゃないんだ。内田先生に「やれ」って言われて。……本当は、みんなを立たせたくなんかなかったんだ……

友里　そうだったんだ。大変だね、生徒会長って。

千夏　（四人に）行こう。

千夏たち生徒会のメンバーが図書室を出ていく。

心の中の友里達　よっしゃー！

ナナは友里に一礼した後、図書室を出ていこうとする。

心の中の友里達　待って！

友里　待って！

ナナ　……

友里　スケッチブックの最初の絵は、ビラ星人。その回のタイトルは、『失われた時間』。

ナナ　……

友里　さっきの子たち、先週ここでスケッチブック見てたじゃない。ごめんね、あなたが描いた『セブン』の宇宙人の絵、ここから見えちゃったんだ。

ナナ　……

友里　次の絵はチブル星人。チブルは沖縄の方言で頭っていう意味。頭の大きな宇宙最高の頭脳を持ってるのがチブル星人。その回のタイトルは、『アンドロイド0指令』

ナナ　……

友里　次の絵はメトロン星人。セブンとちゃぶ台をはさんで話をしたことで有名。その回のタイトルは、『狙われた街』。

ナナ　……

友里　次の絵はフック星人。その回のタイトル、わかる？

心の中の友里1　これって難問だよ。

心の中の友里2　『セブン』おたくしか、答えられないよね。

ナナ　……『あなたはだぁれ？』

心の中の友里達　えー！

心の中の友里1　『あなたはだぁれ？』ってタイトル、知ってるんだ。

友里　私は、新井友里。『ウルトラセブン』の大ファン。

ナナ　……

友里　あなたはだぁれ？

ナナ　……市川……ナナ。
心の中の友里3　あー、ナナってセブンじゃん。
心の中の友里1・2　オー。
友里　ねっ、文芸部に入らない？
ナナ　いいんですか、私なんか誘って。迷惑かけるだけですよ。
友里　なんで？
ナナ　私……宇宙人だから。
友里　宇宙人！　それって最高じゃない。もう、大歓迎だよ。
だって私、宇宙人大好きだから。
ナナ　……
友里　セブン好き？
ナナ　……まあ。
心の中の友里1　（友里に）まあってことは、好きってことだよね。
心の中の友里達　よっしゃー！
友里　（ナナに近づいて）やっと見つけた。やっと会えた。セブンが好きな女の子。私、ずっとずっと会いたかったの。
ナナ　（静かに泣き出す）

友里・心の中の友里達　（えっ……）
心の中の友里2　ねっ、ナナ、泣いてるよ。
森一　どうしたの？
ナナ　わかりません。だめだ。私、どうしちゃったんだろ。なんで泣いてんだろ。

心の中の友里1・2が泣き出す。

心の中の友里3　おい、どうしたんだよ。お前たちまで……
友里　だめだ、どうしちゃったんだろ。なんか、私まで泣けてきた。

そう言いながら、ナナの肩に手をかけて。

友里　『シン・ウルトラセブン』創るの、手伝ってくれない？
ナナ　『シン・ウルトラセブン』？
友里　（うなずく）
翼　俺のロマンさ。
ナナ　ロマン？

翼　そう、ロマン。「デュワ」。

そう言ってセブンに変身するときのポーズをして止まる。友里と森一が笑う。それにつられて、ナナがくすりと笑う。

友里　あれ、今笑った？　笑ったよね。
ナナ　笑ってません！
友里　だめだめ、マスクしてても、笑顔は隠せないよ。

友里が心の中の友里達の方を振り返る。

心の中の友里達　よっしゃー！

心の中の友里1　この後、ナナは文芸部に入った。
心の中の友里2　そして、次の日。
心の中の友里3　小森先輩がやってきた。

小森が図書室に入ってくる。小森と入れ替わるかたちでナナ、翼、森一は図書室を出ていく。

小森　あれほど言ったのに、なんで市川って子、文芸部に入っているの？　私、文芸部にはもう二度と遊びに来ない。それでもいいの？
友里　（振り向いて）小森先輩、もう文芸部に来ないって。
心の中の友里達　よっしゃー！

小森が図書室を出ていく。それと入れ替わるかたちでナナが図書室に入ってきて、いつも座っている場所に座る。ナナはスケッチブックを持っている。友里がナナの前に立つ。

友里　ナナ。そのスケッチブックの最後のページの絵。あれって宇宙人なの？
ナナ　はい。
友里　あの絵見せてくれない？　なんか気になっちゃって。

ナナがスケッチブックを開けて、その宇宙人の絵を見せる。友里がそのスケッチブックを手に取って座る。

友里　何星人？
ナナ　それは決めてません。名前はノエルです。
友里　どんな宇宙人なの？
ナナ　ノエルは、自分の星から地球に逃げてきた犯罪者なんです。

友里　犯罪者？　キュラソ星人みたいな？
ナナ　キュラソ星の囚人三〇三号は、逃げてきた地球でも人を殺しますよね。ノエルは、人を殺せないから犯罪者になったんです。
心の中の友里2　人を殺せないから犯罪者になった？
友里　どういうこと？
ナナ　ノエルの星では今戦争が行われているんです。ノエルは兵隊として戦場に行きます。でも、ノエルは殺したくなかった。誰も殺したくなかった。それで、地球に逃げてきたんです。
友里　それで犯罪者……
ナナ　「人を殺したくない」って理由で戦場から逃げることは犯罪ですよね。
友里　そういうことになるのかな？　それで、ノエルは地球でどうやって生きているの？
ナナ　地球人に紛れて暮らしています。私みたいにマスクをして。ノエルは……私なんです。
心の中の友里達　えっ！
心の中の友里2　ノエルってナナなの？

友里　そっか……
ナナ　戦争といじめって似てませんか？
友里　……
ナナ　私、逃げてきたんです。いじめから……
友里　いじめられてたんだ……
ナナ　……いじめてたんです。
心の中の友里達　えっ！
ナナ　いじめることから逃げてきたんです。「いじめたくない」なんて言えなかった。「やめよう」なんて言えなかった。私、逃げることしかできなかったんです。だから、私も……犯罪者なんです。
心の中の友里2　(友里に) ねっ、逃げるっていけないことなの？
友里　……逃げるって、いけないことなのかな？
ナナ　……
友里　逃げるって、勇気いるよね。
ナナ　……

友里　ナナ。ノエルの話って何かに使う予定とかあるの？　ほら、小説とか漫画にするとか。
ナナ　自分のために創った物語です。
友里　その物語、使わせてくれないかな、『シン・ウルトラセブン』の脚本に。ノエルをマース星人にして、話を進めたいの。（笑って）著作権料は払えないけど……
ナナ　ノエルが『セブン』の宇宙人に加わるってことですか？
友里　ノエルが登場することで、新しい『ウルトラセブン』が書けるような気がするんだ。
ナナ　完成するの楽しみにしてます。
友里　それって……
ナナ　（うなずく）

心の中の友里達　よっしゃー！

心の中の友里1　このことで『シン・ウルトラセブン』の内容はがらりと変わった。
友里　私は『戦争は女の顔をしていない』を読んだときよりも、ずっとずっと戦争、そしていじめについて考えるようになった。
心の中の友里2　ねー、戦争もいじめもいけないことだよね？
友里　そうだね。
心の中の友里2　みんな、いけないことだってわかってるんだよね？
友里　そうだね。
心の中の友里2　でも、どうして戦争もいじめもなくならないのかな？
心の中の友里1　（歌う）The answer, my friend,
友里＆心の中の友里1　（歌う）is blowin' in the wind.
The answer is blowin' in the wind.

『セブン』の登場人物がコーラス隊として歌いながら登場する。

コーラス隊　The answer, my friend, is blowin' in the wind. The answer is blowin' in the wind.

友里、心の中の友里、森一、翼は図書室に残り、その他の登場人物は退場する。

■二〇一六年十一月三日（木）

森一と翼と友里の三人が図書室の本の整理をしている。

森一　友里。休みの日を使って図書室の本の整理するって、いいアイディアだったね。

翼　それにしても古田先生ひどいよな、最初俺が文化の日に本を整理すること提案したときは、「よけいなことしないでいいから」って言ったのに、その後友里が頼んだら、「新井さんがやってくれるならお願いしようかしら」だもんな。

森一　それは仕方ないんじゃない。それだけ友里が古田先生に信頼されてるってことだよ。

友里　ねっ、それより見つかった、村上春樹の『１Ｑ８４』の最終巻。

森一　あー、あった。村上春樹の『１Ｑ８４』。

森一が本棚から『１Ｑ８４』の最終巻を取り出す。

友里　本の整理はこれで終わりにしよ（う）。

三人が本の整理をやめて中央の机に集まる。

友里　（翼と森一に紙の束を渡して）はい、これが『シン・ウルトラセブン』の脚本。

翼　やった！　これで明日の脚本会議で提出できる。

友里　読むだけだとイメージがつかみにくいから、演じながら読んでいくってことでいい？

翼　オッケー。

森一　（同時に）わかった。

友里　それじゃ、プロローグから行くね。森一、ここのところ読んでみて。

ナレーター【森一】　（脚本を読んで）「これは、謎の感染症が流行して、地球人がマスクなしでは生きていけなくなった未来の物語です。そんな地球人の中に、マスクで顔を隠したマース星人が紛れ込みました。地球人はまだそのことに気づいていないのです」

友里　ナナ、「マスクをしなくちゃいけない世界から来た」って言ってたでしょ。その世界を、使わせてもらったの。

翼　全員マスクをして演じるのか？

友里　全員がマスクをしてたら、見てる人つまらないよね。だから、ウルトラ警備隊は透明のマスクを開発して、それをしてることにするの。

森一　いいね、そのアイディア。

翼　マース星人ってどんな宇宙人なんだ？

友里　そのイメージはこれ。

友里が、ナナが描いたノエルの絵を見せる。

翼・森一　あー。

森一　市川さんが描いた宇宙人。

友里　このマース星人だって知らずに仲良くしてたの。そんな時、マース星から連絡が入り、それがクラハシ長官から伝えられるの。クラハシ長官はとっても規律に厳しい女性なの。イメージは生徒会長かな。

翼　生徒会長・郷原千夏……

ここからは心の中の友里1がアンヌ、心の中の友里2がノエル、心の中の友里3がダンを演じていく。生徒会長の千夏がクラハシ長官として友里の頭の中に登場する。

クラハシ長官　「(アンヌとダンに)マース星からこんなメッセージが届いたわ。(メッセージを取り出して読む)『われわれマース星の犯罪者が逃亡して、地球に向かったと思われる。もし発見したら捕まえて、マース星に送り返してほしい。ただし、やむを得ない場合は躊躇なく殺害してほしい』」

友里　ウルトラ警備隊はマース星の犯罪者が七つ森市のとあるマンションにいることを突き止めたの。

クラハシ長官　「マンションを偵察する任務は、アンヌ、あなたに任せるわ。もし身の危険を感じたら、躊躇せずマース星人を撃つの。いいわね」

アンヌ　「はい」

ここでダンとクラハシ長官は退場する。それと入れ替わるかたちでノエルが登場する。

友里　アンヌは、マンションに忍び込む。そこでアンヌが見たのは……

アンヌ　「ノエル……ノエルじゃない。どうしてここにいるの？　ここって、マース星人の……」

ノエル　「わかっちゃったんだね、僕が誰だか。そう、僕はマース星人。アンヌさん、僕のこと捕まえにきたんでしょ。僕のこと、殺してもいいって言われてきたんでしょ」

アンヌ　「ノエル。君は何をしたの？」

ノエル　「マース星では今、二つの大きな国が戦争をしてるんだ。僕、人を殺すのが嫌で戦場から逃げたの。僕は脱走兵なんだ」
アンヌ　「脱走兵？　ノエル、まだ子どもじゃない」
ノエル　「マース星では子どもも兵隊として戦場に行くんだ。戦場で人を殺さなくちゃいけないんだ」
アンヌ　『『人を殺すのは嫌です』って言ったらどうなるの？」
ノエル　「拷問されて殺される。僕らの命って紙きれくらいの価値しかないんだ」
アンヌ　「だから地球まで逃げてきたんだ」
ノエル　（うなずく）
アンヌ　「……逃げて」
ノエル　「えっ？」
アンヌ　「ここから逃げるの」
ノエル　「そんなことしたら、アンヌさんが犯罪者になっちゃうよ」
アンヌ　「犯罪者になってもいいの。ノエルを逃がすことが私の正義だから」
ノエル　「アンヌさんの正義？」
アンヌ　（うなずく）

友里　そこにウルトラ警備隊のクラハシ長官が突然現れる。

クラハシ長官が登場する。

アンヌ　「クラハシ長官、なんでここに？」
クラハシ長官　「あなたの後をつけてきたの。アンヌ、犯罪者を故意に逃がすことは犯罪だってわかってる？」
アンヌ　「ノエルは犯罪者ではありません」
クラハシ長官　「そこをどいて。その子は私がマース星防衛軍に引き渡すから」
アンヌ　「そんなことをしたら、ノエルは殺されてしまいます」
クラハシ長官　「これはウルトラ警備隊の任務なの。アンヌ、そこをどいて」

アンヌは動かない。

クラハシ長官　「命令に従えないのね。それなら」

そう言って、アンヌのことを一撃で殴り倒す。

ノエル　「アンヌさん！」

クラハシ長官は、アンヌのところへ行こうとするノエルの手をつかむ。

ノエル　「僕に触るな！」

そう言ってノエルはクラハシ長官の手を振り払う。

クラハシ長官　『『やむを得ない場合は、躊躇なく殺害してほしい』それがマース星から伝えられたこと。（銃を出して）さよなら、マース星人」

その時、アンヌがクラハシ長官をウルトラガンで撃つ。クラハシ長官がうめき声をあげてひざまずく。

ノエル　「アンヌさん……」

クラハシ長官　「アンヌ。あなた……」

クラハシ長官が倒れる。そこにダンが現れる。

ダン　「アンヌ。……クラハシ長官を撃ったのか？……どうして……」

森一は、そこで台本を読むのをやめてしまう。

友里　森一。どうしたの？

森一　そっか、アンヌはクラハシ長官を撃っちゃうんだ。

友里　それがアンヌの正義だから。

森一　でも、クラハシ長官は敵じゃないよね。

友里　あの瞬間のアンヌにとっては、敵だったの。

森一　クラハシ長官のイメージ、生徒会長って言ったけど、会長「いじめゼロ宣言」で、みんなを立たせたこと後悔してたよね。僕、アンヌが生徒会長を撃ったような気がしちゃって……

友里　クラハシ長官は生徒会長とは違うよ。

森一　この後、どうなるの？

友里　アンヌはノエルを逃がすの。

アンヌがノエルを逃がす。

友里　そして、ダンはセブンに変身して、あたかもマース星人との戦いがあったようにマンションを壊すの。

ダンはセブンに変身し、両手をL字型に組んでワイドショットを放つ。爆発音が響き渡る。

友里　クラハシ長官はその戦いの中で戦死したことにする。

ダンとクラハシ長官が退場する。

友里　そして、ナレーションが流れる。

友里がナレーターを務める。

ナレーター【友里】「あなたの隣にいるマスクの人。その人はマース星人・ノエルかもしれません。でもご安心ください。ノエルは優しい隣人。決して怪しい隣人ではないのです」

森一　アンヌに人を殺させたくないな……

友里　……

森一　ごめん。頼み込んで創ってもらったのにいろいろ言っちゃって。これで完成だね。友里、ありがと。（窓の外を見て）あー、もう夕方だ、時間たつのって早いね。それじゃ、職員室に行って図書室の鍵とってくるね。

そう言って森一は図書室を出ていく。

友里　森一、気に入らなかったみたいだね、ラストシーン。

翼　わかりやすいよな、森一って。

友里　……

翼　友里。森一がスケッチブックに描いてる絵、見たくないか？

友里　見たいけど、絶対無理って言われたよ。

翼　どうしてだと思う？

友里　どうしてなの？

翼　森一が描いてる絵、アンヌなんだよ。

友里　アンヌ？

翼　何枚も何枚も描いてる。泣いてるアンヌ。怒ってるアンヌ。笑ってるアンヌ。

友里　なんだ、それで見せてくれないんだ。私、少女趣味って笑ったりしないよ。

翼　そういうことじゃないんだ！

友里　……

翼　あいつが描いているアンヌの顔って、全部友里なんだ。

友里　（えっ！）私？

翼　泣いてる顔も、怒ってる顔も、笑ってる顔も、全部友里なんだ。

友里　……

翼　だから友里に見せられないんだ。

友里　……

翼　あいつにとってアンヌは友里なんだよ。幼稚園の時からずっとずっと友里なんだよ。あいつはアンヌに人を殺させたくないんじゃない。友里に人を殺させたくないんだ。たとえそれが劇の中でも。

森一が戻ってくる。

友里　森一。ラストシーンでダンとアンヌが別れることになってもいい？

森一　どういうこと？

友里　そのラストなら、アンヌはクラハシ長官を撃つことはない。

森一　……

友里　実は、話、もう一つ創ってあったんだ。でも、没にしたの。ダンとアンヌが別れるラストになるから。

森一　アンヌは誰も撃たないの？　誰も殺さないの？

友里　誰も撃たない。誰も殺さない。（ノートパソコンを示して）その話、消さないでこの中に残ってる。

森一　……ダンとアンヌが別れるラストにして。

友里　ほんとにいいの？

森一　（うなずく）

友里　わかった。

友里がノートパソコンを開いて、猛烈に文章を打ち込む。心の中の友里1は友里と無言の対話で友里の創作を手伝う。友里が大きなため息をついた後、そのノートパソコンを森一に渡す。

友里　（ノートパソコンの画面を指して）ここに「アンヌがノエルを逃がそうとした時、ダンが現れる」ってト書きがあるでしょ。その後のダンの台詞読んでくれる。アンヌの台詞は、私の（頭を指さして）ここに入ってるから。

ダン【森一】「アンヌ。君とノエルの話は外で聞かせてもらった」

アンヌ【友里】「ダン。ノエルは私が守る。私がかくまう」

ダン【森一】「それは無理だよ」

アンヌ【友里】「なんで無理なの？」

ダン【森一】「マース星人・ノエルをかくまうことは、地球人によるマース星への裏切りだ。それが地球とマース星の戦争の原因になるかもしれない。星と星との戦争は、始まってしまったらどちらかが滅びるまで終わらない。だから、マース星人をかくまっちゃいけないんだ」

アンヌ【友里】 （静かに泣きだす）「ノエルを助けることはできないの？」

ダン【森一】 「……アンヌ、どうしてもノエルを助けたいかい？」

アンヌ【友里】 「私にとって、それが正義なの」

ダン【森一】 「……わかった。僕が助けよう。ノエルは僕の故郷に連れていく。僕がノエルを連れて行ったことがわかれば、戦争は起きない」

アンヌ【友里】 「それは無理。だってダン、あなたは私と同じ地球人じゃない」

ここで森一はノートパソコンをしばらく見つめている。

友里 どうしたの？

森一 ここから先って、幼稚園のお別れ学芸会の……

友里 （うなずいて）アンヌとダンの別れの台詞をもとに創ったの。

森一 これ、見ないで言っていいかな。

森一がノートパソコンを机の上に置く。

友里 それなら、私を本当にアンヌだと思って演じて。

森一 えっ?!

友里 私も森一が本当にダンだと思って演じるから。

森一 ……わかった。

ここで、心の中の友里1は友里の肩に手を置く。そして退場する。

友里 翼。バックミュージック入れてくれる、幼稚園の時と同じように。（ノートパソコンを渡して）この曲流して。

翼 （ノートパソコンを手に取って）オッケー。それじゃ、森一の台詞から、アクション、スタート。

ダン【森一】 「アンヌ……僕は人間じゃないんだ」

アンヌ【友里】 ！

翼がノートパソコンのキーを押す。『シューマン作曲ピアノ協奏曲イ短調』がかかる。

ダン【森一】 「M七八星雲から来たウルトラセブンなんだ！」

アンヌ【友里】 「ダンが、ウルトラセブン」

ダン【森一】 「……ビックリしただろ？」

アンヌ【友里】 「いいえ、人間であろうと宇宙人であろうとダンはダンで変わりないじゃない。例えウルトラセブンでも」

ダン【森一】　「ありがとう、アンヌ。西の空に、宵の明星が輝く頃、一つの光が宇宙に飛んでいく。それが僕なんだよ。ノエルをＭ七八星雲に連れていく僕なんだよ。……さよなら、アンヌ」

アンヌ【友里】　「待って！　ダン。行かないで」

ダン【森一】　「ノエルを助けるには、こうするしかないんだ。ウルトラセブンがノエルを連れていけば、戦争は起きないんだ」

友里　翼。幼稚園の時と同じ、あのセリフ！

セブン【翼】　「デュワ」（そう言ってウルトラセブンが空を飛ぶポーズをして静止する）

友里【ナレーター】　こうしてセブンは西の空に向かって飛んでいった。ありがとう、セブン。ありがとう、ウルトラセブン。

翼がノートパソコンのキーを打って音楽を止める。友里がふーっと息を吐く。

友里　おしまい。

●エピローグ

図書室に夕日が差し込んでくる。

森一　……ありがとう、友里。

友里　よかった。気に入ってくれたんだ。

翼　（脚本を持って）森一。俺、明日の脚本会議にこれ提出するのやめる。

森一　どうしてだよ。

翼　アンヌ役、友里じゃなくなってもいいのか。演劇部でやるってそういうことなんだぞ。

森一　……提出しなくちゃだめだよ。

翼　ラストシーン、友里とやりたくないのか。

森一　やりたいよ。……でも、それより大切なことがあるってわかったんだ。

翼　大切なこと？

森一　友里の書いた『シン・ウルトラセブン』をたくさんの人に知ってもらうこと。そして、この世界から戦争をなくすこと。

友里　私の脚本にそんな力ないよ。
森一　僕は……あると思う。
友里　……
翼　（うなずく）
友里　この世界から戦争がなくなるなんてことあるのかな？
森一　なくなってほしい。なくなるって信じたい。僕もノエルと同じ、戦場に行って誰かを殺すなんて絶対にしたくないから。
友里　『戦争は女の顔をしていない』、確かにそう思う。でも、「戦争は男の顔をしてる」っていうのは違うよね。
森一　男の顔をしてちゃいやだ。
翼　わかった。俺、明日の脚本会議にこの脚本提出する。そこで友里が『シン・ウルトラセブン』に込めた思いを伝える。
友里　私の思い……
翼　「戦争は人間の顔をしていない」
友里　……
翼　あれ、俺おかしなこと言ったか？
森一　なんか、かっこよすぎて翼らしくない。
翼　だよなー。

三人が笑う。

翼　（空を見て）見ろよ。セブンがメトロン星人と戦った時みたいなきれいな夕焼け空。
友里　見て。富士山の上のあそこ！
森一　飛行機雲……
友里　違うよ、セブンだよ。
翼・森一　セブン?!
友里　そう、セブンだよ。
森一　もう戻ってこないんだね……セブン。
友里　戻ってくるよ。
森一　えっ？
友里　確かにセブンはM七八星雲に帰るって言った。でも、戻ってこないとは言ってないじゃない。
翼　そっか。
友里　地球に戦争がなくなって、マース星人と地球人が手と手を取り合って生きられる世界になれば、セブンは戻ってくる。今度は侵略者と戦うためじゃなく、私達と一緒に生きるために。
翼　（飛行機雲に）セブン！　待ってるぞ！
森一　（飛行機雲に）セブン!!
友里　（飛行機雲に）セブン!!!

心の中の友里１〜３が登場する。

心の中の友里2　ねー、世界は、この後どうなるのかな？
この先、どんな未来が待っているのかな？

心の中の友里1　二〇一六年の私達は、コロナもウクライナで始まる戦争も知らない。

友里　二〇一六年の私達にとって、未来は風に吹かれていた。

心の中の友里1　（歌う）The answer, my friend,

友里＆心の中の友里1　（歌う）is blowin' in the wind.
The answer is blowin' in the wind.

『セブン』の登場人物がコーラス隊として歌いながら登場する。

コーラス隊　The answer, my friend, is blowin' in the wind(フェルマータ)

友里・心の中の友里1
The answer is blowin' in the wind

――幕――

応援歌

新型コロナウイルス感染拡大阻止のため
全国の学校が休校となった二〇二〇年のドラマです。

■登場人物

★生徒会関係

猪野千鶴　前・生徒会長　前・合唱部部長（三年）
神山さくら　前・生徒会役員　前・合唱部員（三年）
星　結月《ゆづき》　前・生徒会副会長　前・演劇部部長（三年）
影森《かげもり》花音《かのん》　生徒会長（二年）

★合唱部関係

石川未希《みき》　合唱部部長　三年生を送る会実行委員長（二年）
宇多田光一　合唱部員　三年生を送る会実行委員（二年）
千歳加奈　合唱部員　三年生を送る会実行委員（二年）
乃木由香里　合唱部員（二年）
竹内マリ　合唱部員（一年）
野々村理沙　合唱部員（一年）

★演劇部関係

【】内は役名
柊《ひいらぎ》　裕次郎《ゆうじろう》【グラスホッパー】演劇部部長　三年生を送る会実行委員（二年）
広田弘美【バタフライ】演劇部副部長（二年）
諸星《もろぼし》段次郎《だんじろう》【アメンボ星人・レッド】演劇部員　三年生を送る会実行委員（二年）
石森ジュン【ダメダシン】演劇部員（一年）
友里《ゆり》安奈《あんな》【マンネリン】演劇部員（一年）
円谷《つぶらや》夢乃《ゆめの》　演劇部員・演出担当　三年生を送る会実行委員（二年）

●プロローグ　二〇二〇年二月十四日（金）視聴覚室・演劇部活動場所

そこは演劇部の活動場所である視聴覚室。七つ森中学校演劇部がそこで劇のリハーサルを行っている。劇のタイトルは『応援歌』。『応援歌』は特撮ヒーローを描いた劇である。本番を想定したリハーサルのため、全員がコロナ予防対策のマスクをしないで演じている。『悪の帝王のテーマ』が流れる中、特撮ヒーローのグラスホッパー【柊裕次郎】と悪の帝王アメンボ星人・レッド【諸星段次郎】が対峙している。グラスホッパーは特撮ヒーローのコスチュームを身につけている。また、ヒーローが顔を隠すための仮面としてのマスクをつけている。アメンボ星人・レッドの横には、アメンボ星人のダメダシン【石森ジュン】とマンネリン【友里安奈】が立っている。グラスホッパーとアメンボ星人達の戦いが始まる。グラスホッパーはレッドの攻撃を受けて倒れる。

レッド【段次郎】　追い詰めたぞ、グラスホッパー。

グラスホッパー【裕次郎】　戦いはこれからだ。アメンボ星人・レッド。

レッド【段次郎】　ははははは。強がりもそれくらいにしておけ。今日二〇二〇年二月十四日は、お前達特撮ヒーローがアイデンティティーを失った日として記録されるだろう。

グラスホッパー【裕次郎】　特撮ヒーローのアイデンティティー？　それはなんだ？

レッド【段次郎】　特撮ヒーローが特撮ヒーローであるために、なくてはならないものだ。

グラスホッパー【裕次郎】　勇気！　努力！　そして仲間！

レッド【段次郎】　違う！　違う！　違う！　それは仮面だ。英語で言えば、マスク。今日からそのマスクが役に立たなくなるのだ。

グラスホッパー【裕次郎】　そんなこと……

レッド【段次郎】　あるはずないとでもいうのか。それではその証拠を見せてやろう。（魔術をかける動きで）アメンボ赤いな

レッド【段次郎】・ダメダシン【ジュン】・マンネリン【安奈】　あいうえ・オー！

グラスホッパーが光線を浴びて倒れる。グラスホッパーが立ち上がる。その時、マスクが消えていることに気がつく。

グラスホッパー【裕次郎】　マスクが……消えた。

レッド【段次郎】　ははははは、アメンボ光線のパワーを見

たか。お前はもう顔を隠すことができない。

グラスホッパー【裕次郎】（両手で顔を触って）でも、マスクはここに存在する。こうして触ることもできる。

レッド【段次郎】マスクは消えたのではない。見えなくなったのだ。

グラスホッパー【裕次郎】ありがとう、アメンボ星人・レッド。

レッド【段次郎】なんだと。

グラスホッパー【裕次郎】お前は、俺達特撮ヒーローが正体を隠すためにマスクをしているとでも思っているのか。それは違う！

レッド【段次郎】ならば、何のためにマスクをしている！

グラスホッパー【裕次郎】インフルエンザの予防だ！

レッド【段次郎】なに！

グラスホッパー【裕次郎】更に現在はコロナの予防まで加わった。

レッド【段次郎】素顔の特撮ヒーローなど、特撮ヒーローではない。

グラスホッパー【裕次郎】俺達は、透明なマスクを着け、素顔で戦うニュー特撮ヒーローになるんだ。

レッド【段次郎】おのれー。

『ヒーローのテーマ』がかかる。

グラスホッパー【裕次郎】『ヒーローのテーマ』。この曲がかかるのを待っていたぜ。この曲が俺の背中を押してくれる。アメンボ星人・レッド。本当の戦いはこれからだ！

再び、グラスホッパーとアメンボ星人達の戦いが始まる。

★二〇二〇年二月十四日(金) 多目的室・三年生を送る会打ち合わせ場所

そこは多目的室。そこで三年生を送る会の実行委員会が行われている。実行委員会に参加しているのは生徒会長・影森花音、三年生を送る会実行委員長・石川未希、実行委員の千歳加奈、宇多田光一。全員がマスクをしている。演劇部の活動場所である視聴覚室から『ヒーローのテーマ』が聞こえてくる。光一がその曲を口ずさんでいる。柊裕次郎、諸星段次郎、円谷夢乃が多目的室に入ってくる。裕次郎と段次郎は、リハーサルで身につけていたコスチュームを着ている。夢乃はマスクをしているが、裕次郎と段次郎はマスクをしていない。

段次郎　ごめーん。
花音　遅い！　実行委員会、もう始まってるよ。
段次郎　劇の練習に夢中になっちゃって。
花音　もっと真剣に三年生を送る会のこと考えてよ。で、何、その恰好？
段次郎　あー、着替えるともっと遅れちゃうから。
光一　演劇部、ずっとこの曲かけてるな。これ、なんて曲？
裕次郎　俺たちは『ヒーローのテーマ』って呼んでる。
光一　ヒーローって誰？

裕次郎が『ヒーローのテーマ』に乗って、ヒーローが戦いで使うアクションを披露する。

裕次郎　俺だよ。
段次郎　そして俺は、悪の帝王・アメンボ星人・レッド！
(レッドを反響させる)

『ヒーローのテーマ』が聞こえなくなる。

裕次郎　会長、ごめん。俺、実行委員会に出られなくなった。
花音　どうして？
裕次郎　結月先輩に、今すぐ生徒会室に来てくれって言われて。
段次郎　なんか、びっくりすることらしいぜ。
花音　裕次郎、その恰好で行くの？
裕次郎　着替えないでいいって言われたんだ。
花音　裕次郎、マスクは？
裕次郎　あー、後でする。それじゃ。

そう言って、裕次郎が多目的室を出ていく。

花音　段次郎。マスク、マスクして。
段次郎　会長、君には俺がつけている透明マスクが見えないようだな。俺が生み出したアメンボ光線のパワーが、この教室まで及んでいるとは。
花音　バカなこと言ってないで、マスク、マスク。
段次郎　私、マスクありません(英語的なイントネーションで)。
花音　それじゃ、(カバンから未使用のマスクを取り出して)このマスク使って。
段次郎　わかったよ。すればいいんだろ。

段次郎が花音から渡されたマスクをする。

夢乃　未希。合唱部、壮行会で歌うことになったんだって？

未希　うん、毎日練習してる。でも、大変。今、一年のマリがインフルエンザで休んでるんだ。加奈、休まないでね。ソロパート担当なんだから。

加奈　私は大丈夫だよ。

光一　美希。俺は休んでもいいのか。オンリーワン男子部員の俺は。

美希　うーん。

未希　えっ、迷うわけ。それってひどくない。

段次郎　壮行会って、どこの部活の壮行会だ？

花音　部活じゃなくって、千田千尋さんの壮行会だよ。

段次郎　あー、オリンピック日本代表の。

花音　今日はその打ち合わせで、千田さん、七つ森中学校に来ることになってる。

夢乃　すごいよね、七つ森中学校の卒業生から東京オリンピックの代表選手が生まれるって。

加奈　ねっ、話それてるよ。明日の三年生を送る会の練習について確認しないと。

花音　その前に、マスクについてはっきりさせようよ。

未希　マスク？

花音　合唱の時、先生はマスク外してもいいって言ってたけど。私は全員マスクをして歌うべきだって思う。

未希　花音。マスクして歌うと、声響かないよね。歌ってる表情もよく見えなくなるし。

花音　でも今大切なのは感染防止じゃない。どんなに歌がうまくても本番がなくなったらアウトだよ。

未希　今日の練習の後、「今年の合唱、最高だね」ってマッチー先生言ってくれたよね。あの歌声、三年生に聞かせたいって思わないの？

花音　思うよ。でも、それとマスクは別の話。私は歌うとき絶対マスク外さないよ。

未希　花音、マスク大好きだもんね。

花音　……

未希　このコロナの騒ぎが始まる前も、ずっとマスクしてたよね。

花音　それって悪いこと？

未希　そうじゃないけど。花音のマスク好きに巻き込まれるの嫌だなって。

花音　マスクが好きなわけじゃないよ。ずっとマスクをしてたのは……

未希　ピアノのコンクールのため？

花音　……

未希　すごいレベルなんでしょ。市長から表彰されたって千鶴先輩から聞いたよ。
花音　……
未希　ピアノはいいよね、マスクしても弾けるから。
花音　……
未希　でも、歌は違うんだよ。マスクをしたら歌声は響かない。花音だって、わかるよね。
花音　中止になってもいいの？　三年生を送る会。
夢乃　七つ森市はまだ感染者ゼロだよ。
花音　いつ感染者が出るかわからないじゃない。
夢乃　中止なんて絶対ないよ。

校内放送が入る。

放送(アナウンス)　(女性の声で) 連絡します。猪野千鶴さん。星結月さん。校長室に来てください。猪野千鶴さん。星結月さん。校長室に来てください。

段次郎　(悪の帝王のイメージで) 嘆かわしい！　元生徒会長と副会長が、校長室に呼び出されるとは！
花音　壮行会の打ち合わせだよ。
段次郎　影森。生徒会長が壮行会の打ち合わせに行かなくっていいのか？
花音　壮行会担当は旧生徒会。千田さんへの応援メッセージは、元会長の千鶴先輩。
未希　(加奈に) やっぱ、千鶴先輩だよね。

加奈がぐったりしている。

未希　加奈！　どうしたの？　(加奈に触れて)熱あるんじゃない。
夢乃　(加奈の額を触って) 熱あるなんてもんじゃないよ。
光一　加奈。まさか……まさか……
花音　どうして熱あるのに、ここにいるの？
加奈　さっきまでは何ともなかったから。急に気持ち悪くなって……
未希　一緒に保健室行こ(う)。
加奈　うん。(歩こうとして倒れこむ)
未希　加奈、しっかりして。
加奈　未希ちゃん、ごめんね。
未希　加奈、謝ったりしないで。ほら、行くよ。

未希と加奈が多目的室を出ていく。

段次郎　加奈、コロナじゃないよな。

光一　もし、コロナだったらやばいな。壮行会で、俺のビューティフルな歌声、聞かせられなくなっちゃう。

花音　それだけじゃすまないよ。明日から休校だよ。

光一　休校?!　そんな大ごとなの？

夢乃　三年生を送る会、中止になるってこと？

花音　当然そうなるよね。

光一　そうなったら、俺、加奈のこと恨んじゃいそう。

花音　だから、そんなことが起こらないように、マスク、マスクって言ってるんじゃない。

乃木由香里が多目的室に入ってくる。

由香里　光一。すぐ第二音楽室に来て。

光一　なんで？

由香里　光一、合唱部員だよね。今の状況わかってる？　会長、ごめん、ちょっと光一借りるね。（光一の手をつかんで）ほら、光一。

光一　ヒエー。

由香里と光一が多目的室を出ていく。

花音　……イノッチだったら、どうするかな。

段次郎　イノッチ？　誰だよ、それ。

花音　イノッチは、私のヒーロー。

段次郎　ヒーロー？

花音はゆっくりうなずいた後、窓から外を眺める。『ヒーローのテーマ』が視聴覚室から流れてくる。花音の目には、ヒーローであるイノッチが映っているのだろう。

★二〇二〇年二月十四日（金）生徒会室・壮行会打ち合わせ場所

そこは生徒会室。そこで前生徒会長・猪野千鶴、前生徒会副会長・星結月、前生徒会役員・神山さくらの三人が壮行会の打合わせをしている。全員マスクをしている。生徒会室の隣の視聴覚室から『ヒーローのテーマ』が流れてくる。千鶴は、壮行会で東京オリンピックソフトボール代表・千田千尋に伝えるメッセージを読む練習をしている。

千鶴　「私達は、七つ森中学校から東京オリンピックの日本代表選手が誕生したことを誇りに感じています。千田さん、東京オリンピックでは私達七つ森中学校のヒーローと

いうだけでなく、日本のヒーローとして活躍してくださ
い」

千鶴が礼をする。

千鶴　て感じかな。

さくらと結月が拍手をする。

結月　日本のヒーローって、かっこいいね。
さくら　この後、合唱部が歌を歌うんだ。千田千尋さんへの
応援歌。
千鶴　今、必死に練習してる。
結月　千鶴とさくらも歌うの？
千鶴　歌いたいけど、私達引退しちゃったからね。
結月　で、なんで私達旧生徒会の三年生に壮行会の依頼がき
たわけ？
千鶴　今の生徒会は、三年生を送る会で手がいっぱいじゃな
い。
結月　あー、それは口実だな。校長先生は応援メッセージ、千
鶴にやってほしいんだと思う。今の会長の影森じゃなくて。
千鶴　そんなことないよ。
結月　いやいや、そんなことあるよ。大ありだよ。影森と千
鶴じゃ、なにからなにまで千鶴が上だよ。
千鶴　結月。ピアノは花音のほうがずっと上だよ。
結月　またまた謙遜して。ピアノだって千鶴のほうが上だ
ろ。三年連続の合唱コンクール伴奏者賞。

さくらが拍手をする。

千鶴　そっか、二人とも花音のピアノ聴いたことないのか。
合唱コンクールでピアノ弾かなかったからね。
結月　影森って、そんなにうまいのか。
千鶴　うまいなんてもんじゃないよ、プロ並みだよ。リスト
とかプロコフィエフ弾いちゃうんだから。花音には、かな
わないよ。
さくら　チーちゃんは弾けないの、そのプロなんとか？
千鶴　無理無理、プロコフィエフってプロのピアニストだっ
てミスタッチするほど難しいんだから。
結月　なんか悔しいな、千鶴よりうまいって。
千鶴　結月が悔しがることないじゃない。
さくら　影森さん、そんなにうまいのに何でピアノ弾かな
かったのかな。
結月　お高くとまってるんじゃない。「私、中学の合唱コン

クールレベルではピアノ弾けませんの」って。
千鶴　花音はそんな子じゃないよ。
結月　どうしてそう思うわけ？
千鶴　花音と私、ずっと同じピアノ教室に通ってたんだ。もう、憧れたよ、花音のテクニック。
さくら　チーちゃんが憧れたんだ。

そこに演劇部の広田弘美が入ってくる。弘美は特撮ヒーロー・バタフライのコスチュームを着ている。感染予防のマスクもつけている。

弘美　こんにちは。
千鶴・結月・さくら　こんにちは。
弘美　あー、すいません。結月先輩に衣装のままでいいって言われたんで、こんな恰好で来ちゃいました。
さくら　弘美さん、すっごく似合ってるよ。
弘美　ありがとうございます。
結月　あー、弘美。生徒会長の影森と同じクラスだったよね。
弘美　はい。
結月　影森、なんで合唱コンクールでピアノ弾かなかったの？
弘美　……
結月　まっ、別にどうでもいいことなんだけどね。
弘美　立候補しなかったんです。
結月　なんで？
弘美　久美が先に立候補したからかな。
結月　でも、久美って子より、影森のほうがうまいんだよね。
弘美　……電子ピアノなのかな？
結月　電子ピアノ？
弘美　教室の歌練習で電子ピアノ使うじゃないですか。それが嫌だったらしいです。
千鶴　そうなの？
弘美　鍵盤が軽すぎて、電子ピアノ弾くとピアノが下手になるって。
結月　さすが、さすがの生徒会長。お高くとまってますね。
千鶴　花音、ほんとにそんなこと言ったの？
弘美　直接聞いたわけじゃなくて、噂なんですけど。

そこに裕次郎がグラスホッパーの衣装を着たまま入ってくる。

裕次郎　こんにちは。
千鶴・結月・さくら　こんにちは。（弘美は軽く「よっ」という感じで挨拶をする）
裕次郎　弘美。俺達どうしてここに呼ばれたか分かったか？
弘美　あー、まだ聞いてないんだ。それより、裕次郎、マスクは？

裕次郎　あー、忘れちゃった。

千鶴　（カバンからマスクを取り出して）これ使っていいよ。

裕次郎　ありがとうございます。（そう言いながらマスクをつける）

千鶴　ごめんね。びっくりさせようと思って何も伝えなくって。

弘美　びっくりすることってなんですか？

千鶴　千田千尋さん知ってるよね。

弘美　オリンピックの日本代表で、この学校の卒業生ですよね。

千鶴　その千田さん、今、壮行会の打ち合わせに学校に来てるんだ。でね、学校との打ち合わせが終わった後、二人に会いたいって。

弘美　私達に?!　なんで私達なんですか？（裕次郎は同時に「俺達に?!　なんで俺達なんですか？」）

千鶴　演劇部の部長と副部長だから。

弘美　千田さんってソフトボール部に入ってたんですよね。

千鶴　うん。

弘美　一年の時からレギュラーで、全国大会に出場したんですよね。

結月　まっ、ソフトボールの日本代表に選ばれるほどの人だからね。

千鶴　でも、二年の時、ソフトボール部やめてるんだよ。

弘美　えっ、そうなんですか。

千鶴　で、その後、別の部に入ったんだけど、その部が……

裕次郎　えっ、まさか……

千鶴　そっ、まさか、まさかの演劇部なんだ。

裕次郎　なんで、演劇部なんかに？

結月　裕次郎。演劇部なんかって何？　私が演劇部員だったこと忘れてない？

裕次郎　……結月先輩、すいません。

弘美　でも、それ本当なんですか？

さくら　私が、その時の生徒会長に確認したから間違いないよ。

裕次郎　えー、わざわざ確認までしたんですか。

さくら　わざわざじゃないよ。その時の生徒会長って、さくらの叔父さんなんだ。

弘美・裕次郎　ほんとですか?!

さくら　うん。

千鶴　ほら、これ。

千鶴が「別れの言葉」を見せる。

弘美　「別れの言葉」神山勲。

千鶴　今年の「別れの言葉」の参考にさせてもらってるんだ。勲さんの「別れの言葉」、なんかいいんだよ。特に最後のところが。

千鶴が、神山勲の「別れの言葉」を読む。

千鶴　「みなさんは、図書室の奥から二番目の窓から眺める夕日を浴びた富士山が、どんなに美しいか知っていますか。僕は、何年たっても、仲間と眺めた、あの富士山を忘れないでしょう」

弘美　わー、ロマンチックですね。

裕次郎　弘美。なんか、あの伝説みたいじゃないか。

弘美　あー、そうだね。

さくら　なに、その伝説って？

結月　「図書室の奥から二番目の窓から二人で夕日を浴びた富士山を見ると、その二人に恋が芽生える」

さくら　結月ちゃんも知ってるんだ。

結月　演劇部に代々伝わる伝説だからね。演劇部員だったら誰でも知ってるよ。

さくら　そうなんだ。実は、勲叔父さんも演劇部に入っていたんだ。

弘美　演劇部に？

さくら　うん。千田さんと同じ代だよ。生徒会選挙の応援演説、千田さんがやってくれたんだって。

弘美　千田さんと勲さん、仲良しだったんですね。

裕次郎　（弘美に）千田さんって演劇部でどんな役やってたのかな？

さくら　悪と戦うヒーローだよ。

裕次郎　ヒーロー！

弘美　千田さんって、劇の世界でもヒーローだったんですね。

千鶴　弘美さんもヒーローだけどね。

弘美　千鶴先輩、何わけわからないこと言ってるんですか。

千鶴　弘美さん、劇でヒーロー役やってたよね。その衣装で。

弘美　私達の劇、観てくれたんですか？

結月　あー、私が誘ったら、生徒会で観に来てくれて。

さくら　『応援歌』、面白かったよ。

千鶴　東日本大会出場、おめでとう。

弘美・裕次郎　ありがとうございます。

視聴覚室から『ヒーローのテーマ』が流れてくる。

千鶴　これって、ラストシーンでかかってた曲だね。

弘美　すごいですね、千鶴先輩の記憶力。

千鶴　悪の帝王に倒された二人が、この曲の力で立ち上がるところ感動しちゃった。
さくら　ねっ、あのシーンやってよ。
弘美　今ですか？
さくら　（うなずいて）お願い。
結月　ヒーローが二人ともそろってるんだから、リクエストに応えたら。ほら、『ヒーローのテーマ』かかってるし。

裕次郎が突然、『ヒーローのテーマ』に乗って、ヒーローが戦いで使うアクションを演じる。

裕次郎　弘美。やるぞ。
弘美　本気じゃないよね？
裕次郎　（グラスホッパーを演じて）「本当のヒーローは、バタフライ、君だ」
弘美　本気なの？
裕次郎　もちろん！
結月　ほら弘美。ヒーローやってよ。
弘美　（突然、裕次郎に向かって）「私はヒーローなんかじゃない」

みんな、最初それが演技だとわからない。
千鶴　弘美さん。演技だよね。
弘美　もちろん、そうです。
さくら　（拍手をして）続き、続き。
バタフライ【弘美】　（『ヒーローのテーマ』に耳を傾けて、立ち上がりながら）「……なに、なに、この響き、私の魂を揺さぶるこの響き。応援してくれるの？　こんな弱い私を応援してくれるの？　そうね、そうだわ。まだ終わってない、まだ終わってなんかいない」
グラスホッパー【裕次郎】　（立ち上がりながら）「驚いたな。まだ、立ち上がる力が残ってたなんて」
バタフライ【弘美】　「この曲のおかげね。この曲は、私達への応援歌ね」

二人が戦いを始めるポーズをとって静止する。千鶴とさくらが拍手をする。

弘美　（『ヒーローのテーマ』を聴きながら）この曲、応援歌にならないですよね。

さくら　なんで？

弘美　応援歌っていうからには歌じゃないと。

結月　なるほど。弘美、深いね。

弘美　さっきの台詞、オリジナルでは「この曲のおかげね」じゃなくて、「この歌のおかげね」なんですよ。でも、ここ裕次郎が作者に断らずに勝手に変えちゃって。

裕次郎　いい応援歌が見つからなかったんだから、仕方ないじゃん。

弘美　この台詞だと、感情移入できないんだよね。

千鶴　弘美さんは、どうしたいの？

弘美　できれば、東日本大会までに心から立ち上がりたくなる応援歌を見つけたいんです。

放送（アナウンス）　（女性の声で）連絡します。猪野千鶴さん。星結月さん。校長室に来てください。猪野千鶴さん。星結月さん。校長室に来てください。

結月　きっと壮行会のことだね。

千鶴　ごめん、ちょっと校長室に行ってくるね。

千鶴と結月が教室を出ていく。『ヒーローのテーマ』が響く。

裕次郎　神山先輩。

さくら　なに？

裕次郎　神山先輩の好きなヒーローって誰ですか？

さくら　えっ？　ヒーロー？

裕次郎　俺は、誰がなんと言ってもウルトラマンですけど。

弘美　裕次郎。先輩に変な質問するのやめなよ。

『ヒーローのテーマ』が響く。

さくら　チーちゃんかな。

裕次郎　えっ、好きなヒーローが猪野先輩？

弘美　なんで千鶴先輩なんですか？

さくら　さくら、チーちゃんに何度も助けられたから。前のクラスでいじめられた時も、チーちゃんが助けてくれた。

裕次郎　猪野先輩、神山先輩のために戦ったんですか？

さくら　戦ったって、ちょっと違うな。

弘美　どうやってさくら先輩のこと助けたんですか。

さくら　マッチー先生に相談してくれた。

裕次郎　えっ、先生に言いつけたんですか？

弘美　先生が入ると、いじめってひどくなりませんか。

裕次郎　なるなる。

さくら　さくらの場合は、その日のうちにいじめなくなったよ。
裕次郎　（弘美に）あー、それドラマじゃつまらないな。先生が入ってすぐ解決するなんて。ヒーローは、助けを呼ぶ人が「もうだめだ、おしまいだ」っていう、ぎりぎりのところで現れないと。
さくら　でも、ヒーローがちょっと遅れて来たら、助けを求めた人死んじゃうんだよね。
裕次郎　神山先輩。ヒーローは遅れないんです。
弘美　裕次郎、この前のリハで遅れたよね。
裕次郎　あー。
さくら　遅れたんだ。
弘美　裕次郎が私を敵の殺人光線から守るシーンあるじゃないですか。
さくら　うん。
弘美　裕次郎、私の目の前でこけて、倒れちゃったんです。私、思いっきり殺人光線浴びちゃいました。
さくら　チーちゃんは、いつもすぐ助けに来てくれるよ。そして、守ってくれるよ。

千鶴と結月が戻ってくる。

千鶴　さくら。私がどうかした？
さくら　えっ……
弘美　さくら先輩のヒーローって千鶴先輩なんだそうです。
千鶴　私がヒーロー？　（笑って）私はヒーローなんかじゃないよ。あっ、千田さん、生徒会の先生との打ち合わせが終わったら、ここに来るって。
弘美　なんか、ドキドキします。

その時、合唱部員の石川未希、乃木由香里、野々村理沙、宇多田光一が生徒会室に入ってくる。

未希　千鶴先輩。
千鶴　どうしたの？
未希　加奈が、すっごい熱で……たった今帰っちゃったんです。
千鶴　えっ……
未希　どうしたらいいかわからなくなって。
千鶴　……大丈夫、みんなならできるよ。
理沙　でも、加奈先輩、ソロ担当なんですよ。
千鶴　ソロは未希がやる。
未希　そしたら、ピアノ伴奏がいなくなります。
千鶴　大丈夫。

未希　……

千鶴　ピアノ伴奏は私がやる。

未希　千鶴先輩が?!

千鶴　今日から練習する。

未希　でも、千鶴先輩、受験前ですよね。

千鶴　そんなこと心配しなくていいよ。勉強もちゃんとするから。

合唱部員　……

千鶴　大丈夫。みんならできる。

光一　でも……もし、加奈がコロナだったら?

千鶴　……もしそうだったら、やることは一つしかないよ。

光一　一つ?

千鶴　(うなずく)考えてみて。もし、加奈がコロナだったら、明日から学校は休校。千田さんの壮行会も中止か延期。三年生を送る会だって中止になるかもしれないよね。

由香里　そんなことになったら、加奈……

千鶴　だから、やること、一つしかないんじゃない。

合唱部員　……

千鶴　加奈を守る。

合唱部員　!

千鶴　どんなことがあっても、加奈を守る。

合唱部員　はい!

視聴覚室から再び『ヒーローのテーマ』が流れてくる。

さくら　(弘美と裕次郎に)やっぱりチーちゃんはヒーローだよ。

千鶴　えっ?

さくら　(千鶴に)チーちゃんはヒーローだよ。

『ヒーローのテーマ』が響く。

★二〇二〇年二月二十一日(金)
視聴覚室・演劇部活動場所

そこは演劇部の活動場所である視聴覚室。演劇部員(柊裕次郎、広田弘美、諸星段次郎、石森ジュン、友里安奈)が三年生を送る会で演じる劇のリハーサルを行っている。円谷夢乃は演出担当として劇を手持ちのビデオカメラで撮影している。三年生の星結月は見学している。本番を想定したリハーサルなので、演者はマスクをしていない。マスクをしているのは演出の夢乃と見学している結月の二人。

『ヒーローのテーマ』とクロスして『悪の帝王のテーマ』が

流れてくる。特撮ヒーロー・バタフライとアメンボ星人・レッドが対峙している。レッドの隣にはアメンボ星人・ダメダシンとマンネリンが立っている。

レッド【段次郎】　「ついに、この言葉を君に贈る時が来たようだ。さようなら、バタフライ」

バタフライ【弘美】　「私はお前を倒す」

レッド【段次郎】　「はははは、ヒーロー気取りもそのくらいにしろ。お前はただの虫けらだ。虫けらには虫けらにふさわしい死を与えよう。(魔術をかける動きで)柿の木栗の木」

レッド【段次郎】・ダメダシン【ジュン】・マンネリン【安奈】　「かきくけ・コー!」

バタフライが光線を浴びて、倒れる。

夢乃　ストップ!

段次郎　なんで止めるんだよ。いいとこ(ろ)なのに。

夢乃　ごめん。バッテリー切れて、録画できなくなっちゃった。

段次郎　アメンボ光線のパワーが効きすぎたか。

放送(アナウンス)　(男性の声で)連絡します。猪野千鶴さん、大至急職員室に来てください。猪野千鶴さん、大至急職員室に来てください。

夢乃　私、充電器借りに職員室行ってくる。

夢乃が視聴覚室を出ていく。

裕次郎　それじゃ、さっきの続きからやるよ。

裕次郎が合図する。『悪の帝王のテーマ』がかかる。バタフライが苦しむ。

レッド【段次郎】　「どうだ、アメンボ光線を浴びた気分は。さあ、とどめだ!　わいわいわっしょい」

レッド【段次郎】・ダメダシン【ジュン】・マンネリン【安奈】　「わゐうゑ・ヲー!」

そこにグラスホッパーが現れ、バタフライを守ってアメンボ光線を浴びる。

グラスホッパー【裕次郎】　「うっ……」

バタフライ【弘美】「グラスホッパー！」

グラスホッパーが倒れる。

レッド【段次郎】「はははは、きっと来ると思ったよ、グラスホッパー。バタフライが絶体絶命の時、お前は必ず助けに来る。しかし、それがお前の最大の弱点だ。さて、立ち上がれるかな、今のお前に」

グラスホッパーが立ち上がろうとして、再び倒れる。

レッド【段次郎】「ついに、グラスホッパーを倒したぞ」
グラスホッパー【裕次郎】「(バタフライに) 俺はヒーロー失格だ」
バタフライ【弘美】「あなたは強いからヒーローなんじゃない。あなたの優しさが、あなたをヒーローにしているの」
グラスホッパー【裕次郎】「それなら、本当のヒーローは、バタフライ、君だ！」
バタフライ【弘美】「私はヒーローなんかじゃない！」

ここで『ちょうちょ』がかかる。

バタフライ【弘美】「……なに、なに、この響き、私の魂を揺さぶるこの響き。応援してくれるの？ こんな弱い私を応援してくれるの？ そうね、そうだわ。まだ終わってない、まだ終わってなんかいない」

バタフライが立ち上がる。続いて、グラスホッパーが立ち上がる。

グラスホッパー【裕次郎】「驚いたな。まだ、立ち上がる力が残ってたなんて」
バタフライ【弘美】「この歌のおかげね。この歌は、私達への応援歌ね」

二人が決めのポーズで静止する。

結月　(拍手しながら弘美に近づいて) 弘美おめでとう。希望かなったじゃない。ラストシーンの音楽変えたいっていう。
弘美　『ちょうちょ』は三年生を送る会限定です。『ちょうちょ』が応援歌じゃヒーロー立ち上がれませんよ。
結月　今年の三年生、いつも以上に演劇部の発表期待してるよ。
弘美　千田さんがいた部ですからね。

結月　いただけじゃないよ。高校で、もう一度ソフトボールをやる気になったのは、この演劇部で充電できたからだって、壮行会ではっきり言ってくれたじゃない。
裕次郎　千田さんの頃からあったのかな、演劇部伝説。
結月　あー「図書室の奥から二番目の窓から二人で夕日を浴びた富士山を見ると、その二人に恋が芽生える」ってあれね。
段次郎　俺、チャレンジしてみようかな、二人で見る夕日の富士山。
安奈　段次郎先輩に夕日の富士山は似合いませんよ。
段次郎　だよなー。
裕次郎　東日本大会、俺達の『応援歌』で沸かせたいな。
結月　みんななら、その先の全国だって行けるよ。
裕次郎・弘美　全国?!
段次郎　あー、なんかやる気がみなぎってきた。

段次郎が中庭側の窓を開ける（他の部員達に背中を向けることになる）。

結月　段次郎。どうしたの？
段次郎　なんか、外に向かって叫びたくなって。
結月　叫べば。
段次郎　（窓の外に向かって）俺達の『応援歌』で、つらい思いをしてる誰かを応援するぞ。
演劇部員　オー。
弘美　悪の帝王って、実はかっこいいやつだったんだね。
段次郎　はははは、ばれちまったか。

演劇部員が笑う。そこに、合唱部が歌っている『いのちの歌』が、段次郎が開けた中庭側の窓から聞こえてくる。

♪生きてゆくことの意味　問いかけるそのたびに
胸をよぎる愛しい　人々のあたたかさ♪

弘美　これって、千田さんの壮行会で合唱部が歌った歌だよね。
結月　『いのちの歌』
弘美　『いのちの歌』……

ジュンと安奈が窓から二号館を見て。

ジュン　ねっ、合唱部、みんな、窓の外に向かって歌ってるよ。
安奈　なんか、いつもより気合入ってるんじゃない。
弘美　（中庭を指差して）あそこ、中庭にいるの千鶴先輩じゃないですか。

結月　（中庭を見て）合唱部、千鶴に向かって歌ってるんだ。
弘美　千鶴先輩、泣いてませんか。
結月　泣いて、手振ってる。何かあったのかな。

夢乃が視聴覚室に入ってくる。夢乃は泣いている。

結月　夢乃。どうしたの？
夢乃　古関先生の机にファックスが置いてあって、それに……（泣いている）「東日本大会中止のお知らせ」って書いてあって……
演劇部員　！（「中止……」「えっ」といった驚きの声）
夢乃　私達が初めて勝ち取った東日本大会なのに、みんなで勝ち取った東日本大会なのに……

夢乃が泣き崩れる。結月が夢乃の肩を抱きしめる。

弘美　なんで、なんで中止なの。

弘美が泣き崩れる。ジュンと安奈が弘美の後に続いて泣き崩れる。

裕次郎　（弘美の横まで歩いていき、そこでひざをつき、床を叩いて）なんで、なんでなんだよ！
段次郎　『応援歌』で、応援したかったのに……

演劇部員の泣き声が響く。まるで、そのバックミュージックのように合唱部が歌う『いのちの歌』が響く。弘美が窓のほうに歩いていき、歌っている合唱部員達を見る。

弘美　『いのちの歌』……

弘美は、『いのちの歌』を聴いている。

弘美　（ハッとして）見つかった。ヒーローへの応援歌。
結月　その応援歌って、『いのちの歌』？
弘美　（うなずく）でも、東日本大会は……
結月　東日本大会が中止になっても、きっと何かできる。あきらめちゃだめだよ、弘美はヒーローなんだから。
弘美　私はヒーローなんかじゃない……
結月　それ、その台詞。
弘美　……
結月　探してた歌見つかったんだよね。今、その歌が流れてるんだよね。だったら、その歌に乗せて、ラストの台詞言ってみなよ。

段次郎　俺も聴きたい。どんなに倒されても、立ち上がるのが…ヒーローだろ。

弘美がみんなの顔を眺める。みんなが「聴きたい」という意味で、弘美に向かってうなずく。弘美がうなずき返し、ゆっくりとひざまずき、演技を始める。

弘美　（バタフライを演じて）「……なに、なに、この響き、私の魂を揺さぶるこの響き。応援してくれるの？　こんな弱い私を応援してくれるの？　そうね、そうだわ。まだ終わってない、まだ終わってなんかいない」

弘美が立ち上がる。続いて、裕次郎が立ち上がる。

裕次郎　（グラスホッパーを演じて）「驚いたな。まだ、立ち上がる力が残ってたなんて」

弘美　（バタフライを演じて）「この歌のおかげね。この歌は、私達への応援歌ね」

その台詞に心が震えて、演劇部員が更に大きな声で泣く。部員全員が、弘美と裕次郎の周りに集まってくる。先ほどまではばらばらだった泣き声が、一つの大きな塊の泣き声となる。その泣き声と『いのちの歌』の響きが重なり合う。

★二〇二〇年二月二十一日(金)　第二音楽室・合唱部活動場所

そこは合唱部の活動場所である第二音楽室。合唱部員（石川未希、宇多田光一、乃木由香里、野々村理沙、竹内マリ）と一緒に千鶴とさくらがいる。合唱部員はマスクをして『いのちの歌』を歌っている。伴奏は千鶴が電子ピアノで行っている。加奈が教室に入ってくる。未希が歌を止める。

千鶴　加奈。復帰おめでとう。

合唱部員　おめでとう。

加奈　あー、壮行会出たかったな。千鶴先輩、どうだったんですか、壮行会？

千鶴　歌の途中で、千田さんの涙が見えたんだ。その瞬間、胸が熱くなっちゃって、もう大変。危うく、伴奏間違えるところだった。

加奈　あー、一緒に歌いたかったなー。

千鶴　三年生を送る会で歌えるじゃない。今度こそ合唱部全員で。

さくら　さくら、絶対泣いちゃうよ。

千鶴　私もハンカチ何枚も用意しておく。

放送（アナウンス）　（男性の声で）連絡します。猪野千鶴さん、大至急職員室に来てください。猪野千鶴さん、大至急職員室に来てください。

千鶴　（笑って）大至急職員室って、私、なんか悪いことしたかな？

さくら　チーちゃん、引っ張りだこだね。

　千鶴が第二音楽室を出ていく。

未希　加奈。よかったね、インフルエンザで。あっ、ごめん。インフルエンザでよかったって、ひどい言葉だね。

加奈　でも、ほんとインフルエンザでよかったよ。

由香里　加奈、ＰＴＡ受けたってホント？

未希　由香里、ＰＴＡじゃないよ、ＰＣＲだよ。

由香里　あっ、そっか。

理沙　で、どんな感じなんですか、その検査。

加奈　思い出したくない。陰性ってわかるまで、部屋でずっと泣いてた。

マリ　加奈先輩、ごめんなさい。私が先輩にうつしちゃったってことですよね。

加奈　マリ。そんなこと気にしなくていいよ。

　そこに花音が入ってくる。

未希　花音、なにか用？

花音　千鶴先輩に相談したいことがあって。

未希　放送聞かなかったの？　今、千鶴先輩、職員室に行ってる。

花音　ここで待たせてもらっていい？

未希　いいけど……

さくら　影森さん、ピアノ、プロ並みなんだってね。チーちゃんも「影森さんにはかなわない」って言ってたよ。

花音　そんなことありません。千鶴先輩のほうが私よりずっと上です。壮行会の伴奏聴いてそう思いました。

さくら　本気で言ってるの？

花音　当たり前です。私、千鶴先輩のピアノにずっと憧れてました。私にはないあったかい響きがあって、人の心をグイってつかんで離さなくって。

未希　花音、千鶴先輩にどんな相談？

花音　東京都が「今後、屋内イベントをすべて中止にする」って発表したの。それで……

みんな　！

未希　三年生を送る会、中止になるってこと……

花音　そうなる可能性があるのかなって……

加奈　そんなの嫌だよ。今度こそ歌えるって思ってたのに。

未希　加奈。まだ中止って決まったわけじゃないよ。

花音　私、これからどうしたらいいか千鶴先輩に相談したいの。

千鶴が戻ってくるが、表情が暗い。

さくら　あれ？　チーちゃん、早かったね。

千鶴　そこで保健の先生に話聞いたから。

さくら　チーちゃん、どうしたの？　なんか変だよ。

千鶴がよろめく。

未希　（千鶴のところに駆け寄りながら）千鶴先輩。

千鶴　近寄らないで！

未希　えっ？

千鶴　私に近寄っちゃダメ。

未希　千鶴先輩、どうしたんですか？

千鶴　保健の先生に、誰にも言わないほうがいいって言われたけど……みんなには、ほんとのこと伝えるね。

未希　……

千鶴　私のお父さん、コロナに感染した。

合唱部員　！

さくら　チーちゃんのお父さんって、お医者さんだよね。

千鶴　（うなずく）ずっとコロナの患者さんの対応してて……すっごく気をつけてたんだけど、感染しちゃったんだね。

未希　千鶴先輩。これからどうなるんですか？

千鶴　すぐにうちに帰るように言われた。私、濃厚接触者ってことで、自宅待機になるんだって。

花音　イノッチ！

千鶴　久しぶりだね、花音からイノッチって呼ばれるの。猪野千鶴でイノッチ。私この響き好きだ。

花音　私、イノッチに相談したいことがあるの。私一人じゃどうにもできなくって。

千鶴　花音。ごめんね。後で電話して。その時話そ（う）。

花音　……

千鶴　みんな、ごめんね。

未希　千鶴先輩。謝らないでください。

さくら　そうだよ、謝っちゃだめだよ。チーちゃんもお父さんも悪いこと一つもないんだから。
千鶴　……みんな……ありがと（う）。
合唱部員　千鶴先輩……（さくらは「チーちゃん！」）
千鶴　それじゃ、私、帰るね。

千鶴が第二音楽室を出ていく。合唱部員が、ドアのところまで千鶴を追いかける。

合唱部員　千鶴先輩！（さくらは「チーちゃん！」）

合唱部員達は帰っていく千鶴を姿が見えなくなるまで眺めている。

光一　もし千鶴先輩が、コロナだったら。
由香里　コロナじゃないよ。
光一　でも、もし……
さくら　もしそうだったら、やることは一つしかないよ。
合唱部員　……
さくら　チーちゃんを守る。
合唱部員　！
さくら　チーちゃんは、さくらが助けを呼べば、すぐ来てくれた。ずっとさくらのこと守ってくれた。だから、今度はさくらが……
未希　私も守ります。……後輩の私に千鶴先輩を守るなんてできないかもしれないけど、でも、守ります。そして、応援します。

合唱部員達がそれぞれの思いを言う。千鶴が昇降口から中庭に出てくる。

さくら　（窓から中庭を指さして）あそこ、チーちゃん、歩いてる。（合唱部員に）ねっ、ここからみんなで歌お（う）。『いのちの歌』でチーちゃん、応援しよ（う）。
合唱部員　はい！
未希　伴奏は私がやるね。
花音　待って！
未希　なに？
花音　伴奏、私にやらせて。
未希　部外者がよけいなことしないで。
花音　私、未希に歌ってほしいの。
未希　……
花音　イノッチのために、合唱部全員で歌ってほしいの。
さくら　影森さん。合唱部のピアノって、電子ピアノだよ。

花音　電子ピアノだと何か問題でもあるんですか？

さくら　……

花音　未希。イノッチのために、私に弾かせてよ。

未希　……わかった。お願い。

花音　ありがと（う）。

さくら　（中庭にいる千鶴に向かって）チーちゃん。

未希　千鶴先輩。聴いてください。私達からの千鶴先輩への応援歌。

さくら　チーちゃん、手振ってる。

未希　さあ、みんな、歌うよ『イノッチの歌』。あっ……

さくら　未希。それ、間違いじゃないよ。『いのちの歌』は『イノッチの歌』だよ。そうでしょ、影森さん。

花音　はい。

花音が『いのちの歌』の伴奏を弾き始める。合唱部員は自然とマスクを外していく。この場面はすでに紹介した演劇部のシーンと時間的に重なる。これから合唱部が歌うのは、演劇部のシーンでヒーローへの応援歌となった『いのちの歌』である。そのイントロ部分で、視聴覚室から演劇部・段次郎の声が届く。

段次郎（声）　俺達の『応援歌』で、つらい思いをしてる誰かを応援するぞ。

演劇部員（声）　オー。

合唱部が『いのちの歌』を歌い始める。『いのちの歌』が響き渡る。『いのちの歌』の合唱は、メロディーラインを電子ピアノで奏でるバックミュージックに変わっていく（演奏は花音が担当する）。

●エピローグ

そこはホールの舞台。登場人物全員が、その舞台に立っている。花音が電子ピアノで奏でる『いのちの歌』をバックに、登場人物達が、マスクをつけないでそれぞれの思いを語っていく。

千鶴　結局、私はコロナに感染していなかった。七つ森中学校も休校にはならなかった。しかし、三月になって、全国の学校が休校となった。

未希　三年生を送る会は、なくなってしまった。成功させようと、あれほど熱く意見を戦わせたのに。

光一　俺のビューティフルな歌声が、体育館に響き渡るはずだったのに。

未希　三年生を送る会は、なくなってしまった。

千鶴　そんな中、卒業式は縮小して開催された。

マリ　残念ながら一・二年生は卒業式に参加できなかった。

理沙　私達合唱部員は、卒業式の前に、千鶴先輩の「別れの言葉」を読ませてもらった。

加奈　そこには、三年間で一番の思い出が書かれていた。

千鶴　「私の一番の思い出は、中庭で聴いた合唱部が歌ってくれた『いのちの歌』です」

由香里　私はそれを読んで、嬉しくて泣いてしまった。

結月　そして千鶴は、こんな言葉で「別れの言葉」を締めくくった。

千鶴　「もし誰かが感染した時、七つ森中学校がその人に優しい学校であることを心から願っています」

弘美　七月、私達演劇部と合唱部は、今年卒業したメンバーも加えた合同発表会を行った。

夢乃　観客は関係者だけの、小さな発表会だった。

ジュン　千田千尋さんも演劇部の先輩として客席にいた。

さくら　東京オリンピックは延期となった。

未希　けど、千田さんはオリンピックを諦めていなかった。

裕次郎　やっぱり、千田さんは本当のヒーローだ。

加奈　千田さんの隣には、さくら先輩の叔父さんの神山勲さんが座っていた。

安奈　二人はとっても楽しそうに話をしていた。

結月　「図書室の奥から二番目の窓から二人で夕日を浴びた富士山を見ると、その二人に恋が芽生える」

段次郎　代々伝わる演劇部伝説の始まり。それは、千田千尋と神山勲なのではないか。俺はそうにらんでいる。

夢乃　東日本大会はなくなってしまった。

裕次郎　でも俺達は、そこで終わったりはしなかった。

弘美　『応援歌』の幕が下りた時、会場は、拍手とすすり泣きで包まれた。

さくら　千田さんも、勲叔父さんも泣いていた。

段次郎　俺達はそんな二人に歌をプレゼントすることにした。

結月　演劇部、合唱部の合同合唱団による歌のプレゼント。

未希　ピアノ伴奏は生徒会長の花音に頼んだ。

弘美　そこで歌われた歌は、もちろん

全員　『いのちの歌』

花音がピアノを弾くのをやめる。全員が合唱隊形に移動する。花音がマスクをはずす。花音は客席を見まわした後、大きく息を吸い込み、『いのちの歌』のイントロをピアノで弾き始める。

千鶴　（イントロで）あの日、私を応援してくれた『いのちの歌』。私は、「ありがとう」という思いを胸に、この応援歌を歌い始める。二人のため、そして私達自身のために。

♪生きてゆくことの意味　問いかけるそのたびに
胸をよぎる愛しい　人々のあたたかさ
この星の片隅で　めぐり会えた奇跡は
どんな宝石よりも　たいせつな宝物
泣きたい日もある　絶望に嘆く日も
そんな時そばにいて　寄り添うあなたの影
二人で歌えば　懐かしくよみがえる
ふるさとの夕焼けの　優しいあのぬくもり
本当にだいじなものは　隠れて見えない
ささやかすぎる日々の中に　かけがえない喜びがある♪

ピアノは間奏を弾く。弘美と裕次郎がヒーローの衣装で登場して、中央で倒れる。

バタフライ【弘美】　（立ち上がりながら）そうね、そうだわ。まだ終わってない、まだ終わってなんかいない。

グラフホッパー【裕次郎】　（立ち上がりながら）驚いたな。まだ、立ち上がる力が残ってたなんて。

バタフライ【弘美】　この歌のおかげね。この歌は、私達への応援歌ね。

♪いつかは誰でも　この星にさよならを
する時が来るけれど　命は継がれてゆく
生まれてきたこと　育ててもらえたこと
出会ったこと　笑ったこと
そのすべてにありがとう
この命にありがとう♪

――幕――

◆七つ森中学校校舎案内

劇の舞台となる七つ森中学校の四つの教室について説明する。七つ森中学校は三階建ての校舎が二棟あり、南側に一号棟、北側に二号棟が建っている。一号棟と二号棟の間には中庭がある。

■七つ森中学校校舎案内図

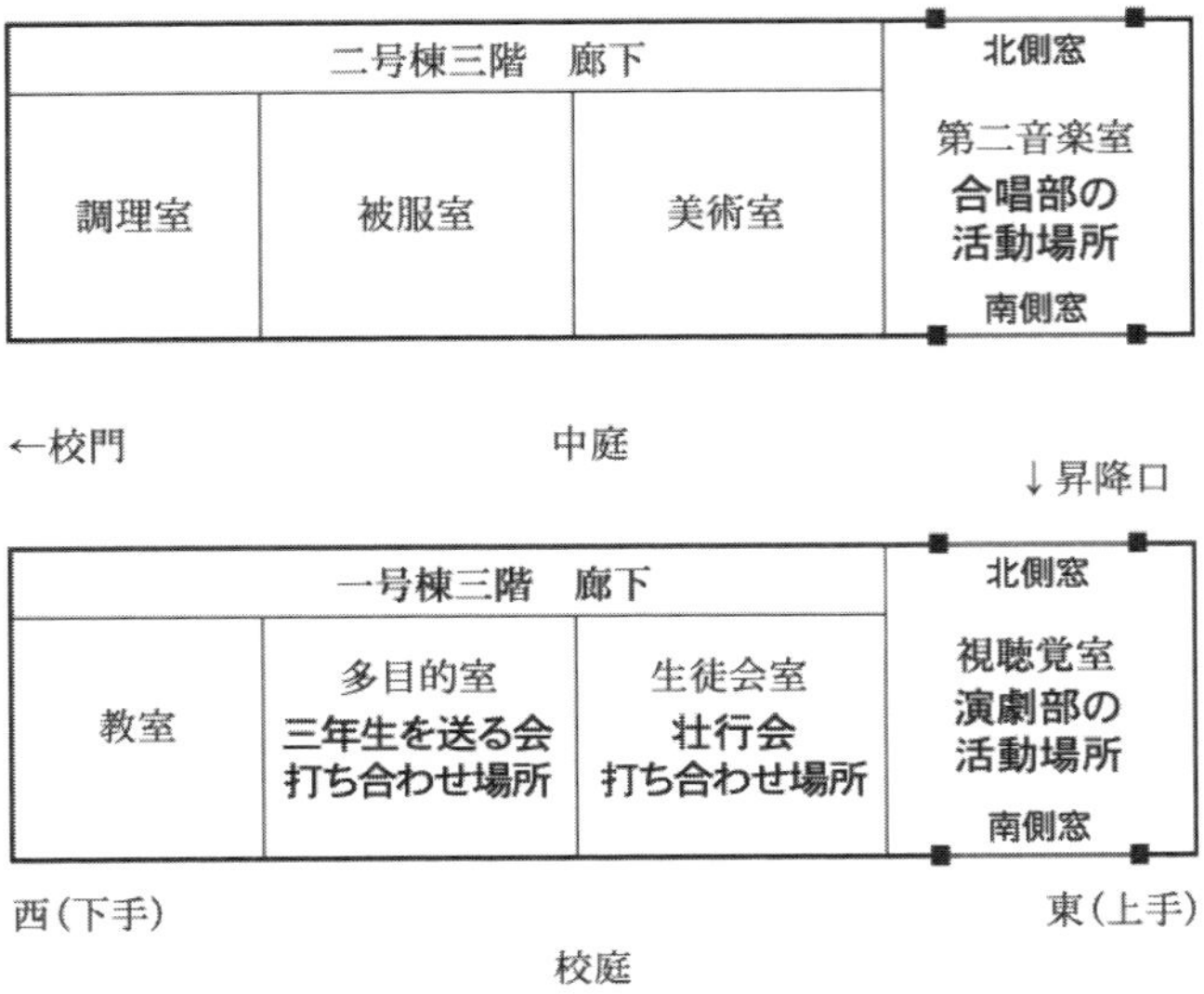

演劇部が活動を行っているのは、一号棟三階の一番東側の視聴覚室である。視聴覚室のドアは西側一か所のみで、南側と北側に窓がある。北側の窓から見えるのは、中庭と向かいの二号棟・第二音楽室（合唱部の活動場所）である。南側の窓から見えるのは、校庭である。

旧生徒会が壮行会についての打ち合わせを行っている場所は、一号棟三階にある生徒会室である。東側隣は視聴覚室（演劇部の活動場所）である。西側隣は多目的室で、三年生を送る会実行委員会が行われている。

合唱部が活動を行っているのは二号棟の一番東側の第二音楽室である。第二音楽室のドアは西側一か所のみで南前と北側に窓がある。南側の窓から見えるのは、中庭と向かいの一号棟・視聴覚室（演劇部の活動場所）である。北側の窓から見えるのは七つ森である。

演劇部と合唱部の活動場所は中庭をはさんで向かい合っており、互いの活動を見ることができる。

舞台となる教室はすべて特別教室であり、そこで使われているのはテーブルと椅子である。テーブルと椅子の置き方を変えることで、教室の違いを表現することができる。

◆マスク・バージョンとノーマスク・バージョンについて

『応援歌』には「マスク・バージョン」と「ノーマスク・バージョン」の二つのバージョンが存在します。今回は、多くの場面でマスクをして上演する「マスク・バージョン」を紹介しました。読んでわかるとおり「マスクバージョン」も、マスクなしで演じる場面が複数箇所あります。プロローグとエピローグは全員マスクをしません。

この戯曲の一部を変えることで、すべてのシーンをマスクなしで上演することができます。その「ノーマスク・バージョン」を、一部変更箇所のみ次に紹介します。

応援歌（ノーマスク・バージョン）

『応援歌』は当初、マスクをしないで上演するノーマスク・バージョンで構想していました。感染が収まった際は、ノーマスク・バージョンでの上演が可能です。その場合、多目的室の場面の一部（107ページ下段）を、次のように変える必要があります。

花音　段次郎、マスク、マスクして。

段次郎　会長、君には俺がつけている透明マスクが見えないようだな。俺が生み出したアメンボ光線のパワーが、この教室まで及んでいるとは。（観客を見て）きっと、この世界を見ている観客の目にも、ここにいる全員のマスクが見えなくなっていることだろう。

花音　観客ってどこにいるの？

段次郎　（観客を手で指し示して）ほら、こうして俺達の目の前に座っているじゃないか。

花音　バカなこと言ってないで、マスク、マスク。

段次郎　私、マスクありません（英語的なイントネーションで）。

花音　それじゃ、（カバンから未使用のマスクを取り出して……パントマイム）このマスク使って。

段次郎　わかったよ。すればいいんだろ（そう言いながら、花音から渡されたマスクをつける……パントマイム）。

登場人物全員がマスクをしているが、それがオープニングのアメンボ光線の影響で観客には見えないという設定である。これ以降、虚構と現実が舞台上に共存する形で劇は進行していく。

ゲキを止めるな！

コロナウィルス感染拡大阻止のために
緊急事態宣言が複数回出された二〇二一年のドラマです。

■登場人物　【　】内は　役名 or スタッフ

本間賢太郎【ブラック……七つ森学園生徒】……七つ森中学校・演劇部部長（三年）
雨宮《あめみや》　雫《しずく》【ホワイト……七つ森学園生徒】……演劇部員（一年）
古川里美【ローズマリー……悪魔と戦う天使】……アメリカからの転校生・演劇部員（三年）
郷原千秋【ペパーミント……悪魔と戦う天使】……演劇部員（三年）
青井　諒【グラスホッパー……特撮ヒーロー・インセクトマン】…生徒会長・演劇部員（三年）
桃山桃花【バタフライ…特撮ヒーロー・インセクトマン】……生徒会役員・演劇部員（三年）
山本大輔【バリウム…七つ森学園理事長の息子】……生徒会副会長・演劇部員（三年）
秋元達也【ナトリウム…バリウムの仲間】……生徒会役員・演劇部員（二年）
東田浩介【カルシウム…バリウムの仲間】……生徒会役員・演劇部員(二年)
七瀬　舞【音響担当】……生徒会役員・演劇部員（一年）
手島梨花【撮影担当】……千秋の友達・演劇部の手伝い（三年）
福田　凛【撮影担当】……千秋の友達・演劇部の手伝い（三年）
田島先生……七つ森中学校教師
観客席の生徒達
ズッキーニ……天使の力を使うことが嫌いな大天使。そして……
チコリー……「ゲキを止めるな！」の作者である天使。そして……
ルッコラ……「ゲキを止めるな！」の作者である天使。そして……

●プロローグ

緞帳の向こうから、声が聞こえてくる。

賢太郎　ゲキを止めるな！

部員全員　ゲキを止めるな！

幕が上がる。そこは『ゲキを止めるな！』という劇の舞台。上演場所は公民館のステージである。その劇を演じているのは七つ森中学校演劇部。コロナ感染拡大のため、地区大会が映像での審査となった。そのため、地区大会で上演する予定だった劇のビデオ撮影をしている。

舞台上には音響卓が設置され、その上にCDラジカセが置かれている。音響卓は、あえて客席から見える位置に設置されている。客席通路にビデオカメラが置かれ、手島梨花が撮影している。

舞台上には『ゲキを止めるな！』の主人公・ブラック【本間賢太郎】とホワイト【雨宮雫】が立っている。二人は、七つ森学園演劇部員という役柄である。その両脇には、天使のローズマリー【古川里美】とペパーミント【郷原千秋】が観客に背を向けて立ち、ブラックとホワイトを見つめている。

ブラックとホワイトが斉唱で『花は咲く』のサビを歌い始める。実は、この歌声にはある秘密があるが、それは後で明らかになる。

ブラック・ホワイト　♪花は　花は　花は咲く　いつか生まれる君に　花は　花は　花は咲く（フェルマータ）♪

「やめろ」という声とともに、ナトリウム【秋元達也】とカルシウム【東田浩介】が登場する。

ブラック　なんで歌を止めたの？

●もう一つのプロローグ

梨花　（客席通路から）ストップ！

劇が止まる。演劇部員が舞台袖から出てくる。

賢太郎　梨花さん。なんで劇止めたの？
梨花　ごめーん、ビデオカメラのバッテリー、切れちゃった！
大輔　マジ?!
賢太郎　それって、もう撮影できないってこと？
梨花　替えのバッテリーは持ってきてるけど……はじめから撮り直す？
賢太郎　それは無理かな。明日、緊急事態宣言が出るよね。すべての部活が活動禁止になるよね。だから、今この時間が、地区大会に提出する映像を撮影する最後のチャンスなんだ。でも、この公民館を使えるのはあと四十分。はじめから取り直してたらラストシーンまで撮影できない。この状況でできるのは、続きを撮って、映像を編集することかな。
梨花　大会に提出する映像って編集してもいいの？
賢太郎　大会要項に「映像の編集を認めます」って書いてあるんだ。今の状況だと、編集を認めないとどこも参加できないんだと思う。梨花さん、バッテリー交換して撮影続けてくれる？
梨花　オッケー。もう、失敗できないってことだね。
賢太郎　梨花さん。ごめん。突然撮影頼むことになっちゃって。
梨花　千秋と賢太郎に頼まれたら、嫌って言えないよね。
舞　本間先輩。
賢太郎　何？
舞　ＣＤラジカセの調子が良くないんです。この後、ちゃんと音が出るかどうか心配で。
大輔　マジか……
舞　（ＣＤラジカセを叩いて）叩くと動くんですけど。
賢太郎　確かに心配だね。でも、音が出ると信じてやるしかない。（全員に）もしＣＤラジカセの音が出なくても、ごまかして劇を続けてください。
大輔　ごまかすんだ。
賢太郎　劇を止めたら、ラストシーンまでたどり着けないんで。お願いします。
大輔　了解。
梨花　賢太郎。撮影、準備できたよ。
賢太郎　それじゃ、ナトリウムとカルシウムの「やめろ」から撮影しまーす。

舞台上にブラックとホワイト、ローズマリーとペパーミントが残る。

賢太郎　撮影、スタート。

●「ラストシーン」という名のファーストシーン

「やめろ」という声とともに、ナトリウムとカルシウムが登場する。

ブラック　なんで歌を止めたの？
ナトリウム　歌は世界に災いをもたらす。だから止めたんだ。
カルシウム　その災いをまき散らしている演劇部は、今日で廃部だ。
ホワイト　歌を歌うっていけないことなの？
ナトリウム・カルシウム　当たり前だ。
ナトリウム　さあ、
ナトリウム・カルシウム　俺達と一緒に来るんだ。

ナトリウムとカルシウムがブラックとホワイトを連れて行こうとした瞬間、「待て」という声が響き渡る。特撮ヒーロー・インセクトマンのグラスホッパー【青井諒】とバタフライ【桃山桃花】が登場し、ブラックとホワイトを守る。

グラスホッパー　この学園の平和は俺達ヒーローが守る。
バタフライ　平和を愛する私達のことは、
グラスホッパー・バタフライ　誰も止められない。
グラスホッパー　ミュージック
グラスホッパー・バタフライ　スタート！

軽快な曲に乗って二人のヒーローがナトリウム＆カルシウムと戦う。ナトリウムとカルシウムがヒーロー達に倒される。そこにバリウム【山本大輔】が登場する。

バリウム　それで勝ったと思うなよ。戦いはこれからだ。

バタフライがバリウムに戦いを挑むが、バリウムが放つ光線を浴びて倒れる。グラスホッパーとバリウムが戦う。最終的にグラスホッパーもバリウムが放つ光線を浴びて倒れる。ナトリウムとカルシウムが苦しみながら立ち上がる。

バリウム　グラスホッパー。私はお前の正体を知っている。
グラスホッパー　なんだと。
バリウム　そのマスクの下にある素顔、それは生徒会長・青井諒。
グラスホッパー　お前はいったい……
バリウム　私は、学園理事長の長男・バリウム。青井諒。君が生徒会長でいられるのも今日が最後。この先は私・バリウムが生徒会長となる。学園の平和は私が守る。

グラスホッパー　そうはさせない。

グラスホッパーがバリウムに飛びかかるが、バリウムの放つ光線を再び浴びて倒れる。

ブラック・ホワイト　グラスホッパー！

ローズマリーとペパーミントがブラックとホワイトに近づく。

ローズマリー　ブラック。
ペパーミント　ホワイト。
ローズマリー・ペパーミント　私達の声が聞こえる？
ブラック・ホワイト　誰？
ローズマリー　私はローズマリー。
ペパーミント　私はペパーミント。
ローズマリー　私達は
ローズマリー・ペパーミント　天使よ。
ブラック・ホワイト　天使？
ローズマリー　私達の声に耳を傾けて。
ペパーミント　バリウムと戦えるのは、
ローズマリー・ペパーミント　あなた達しかいない。
ブラック　僕達がどうやってバリウムと戦うの？
ローズマリー　歌声を響かせるの。
ペパーミント　歌でバリウムを倒すの。
ブラック　……ホワイト、歌おう。
ホワイト　……
ブラック　僕らの歌で、バリウムを倒そう。
ホワイト　（うなずく）

ブラック・ホワイト　（斉唱で）♪花は　花は　花は咲く　いつか生まれる君に♪
ナトリウム・カルシウム　うっ……（苦しむ）
ブラック・ホワイト　♪花は　花は　花は咲く（フェルマータ）

この歌声にも秘密があるが、それも後で明らかになる。ナトリウムとカルシウムが呻き声を発して倒れる。その瞬間バリウムが手を挙げる。舞がＣＤラジカセのスイッチを押すが、音が出ない。舞がＣＤラジカセを叩くと雷鳴が轟く。

バリウム　（笑い声）そんな歌声ではこの私を倒すことはできない。なぜかって、それは（ここから録音した悪魔の声が流れる。悪魔の声を担当したのは諒）それは、私が悪魔だからさ。私は、バリウムの体を支配しているのだ。今学校は逆境の中に置かれている。学校の中で逆境に苦しんでいる人を助けるのは天使か？　いや、そうではない。それは悪魔。悪魔がこの世界に平和をもたらすのだ。
ブラック　天使さん、僕達に力を貸してください。
ホワイト　天使の力を貸してください。
ローズマリー　あなた方に力を授けるわ。
ペパーミント　悪魔と戦うことができる魔法の力。
ローズマリー・ペパーミント　天使の歌声を。

ペパーミントとローズマリーが手を挙げる。舞がCDラジカセのスイッチを押すが、音が出ない。舞がCDラジカセを叩くと、キラキラ輝く響きが流れる。

ブラック　ホワイト、もう一度歌おう。
ホワイト　……
ブラック　僕らの歌で、この世界に花を咲かせよう。
ホワイト　（うなずく）
ブラック・ホワイト　♪（二重唱で）花は　花は　花は咲く
いつか生まれる君に♪

ナトリウムとカルシウムが苦しむ。

ナトリウム・カルシウム　うっ……
バリウム　なんだ、この歌声は……

そう言ってバリウムも苦しみ出す。

ブラック・ホワイト　♪花は　花は　花は咲く（フェルマータ）♪

バリウム、ナトリウム、カルシウムがひざまずく。

ブラック・ホワイト　♪いつか恋する君のために♪
バリウム・ナトリウム・カルシウム　うおー!!!

バリウム、ナトリウム、カルシウムが倒れる。この歌声にも秘密があるが、それは後で明らかになる。

●天使

ズッキーニ　ストープ！

最初の場面から、舞台上でずっと黙ってゲキを観ていた天使・ズッキーニが突然手を伸ばしててリモコンのストップボタンを押す。舞台上の登場人物は静止する。ズッキーニと共にずっとゲキを観ていた天使のチコリーとルッコラが動き出す。

ズッキーニ　ひどい、ひどすぎる。こんなゲキに付き合うのは時間の無駄だ。私は帰る。

ルッコラ　待って！

チコリー　ズッキーニ、なんでゲキを止めたの？

ズッキーニ　チコリー、私を騙せるとでも思ってるのか。

チコリー　騙す？

ズッキーニ　お前達、大天使と呼ばれる私に対して、いったい何を企んでいる。

ルッコラ　何も企んでなんかいないわ。

ズッキーニ　ルッコラ。それなら映像で再確認させてもらおう。さすが天使界の幻想四次元映像、まるでこいつらが、本当にここにいるような実在感がある。さて、それでは最後の歌のシーンまで巻き戻すとしよう。

ズッキーニがリモコンを操作する。登場人物は、巻き戻し映像のように動き、幻想四次元映像は、ブラックとホワイトが歌う直前のシーンで静止する。

ズッキーニ　ブラックとホワイト、そして二人の天使はここに残ってもらう。それ以外の役は画面から消えてもらう。

ズッキーニがリモコンを操作する。ホワイトとブラックと天使以外の登場人物が退場する。

ズッキーニ　（ローズマリーとペパーミントを指して）そして、歌の途中で天使二人を百八十度回転させてみよう。

ズッキーニがリモコンを操作する。

ブラック・ホワイト　♪（二重唱で）花は　花は　花は咲く
いつか生まれる君に♪

このフレーズで、ローズマリーとペパーミントが百八十度回転して前を向く。歌を歌っているのはホワイトとブラックではなく、二人の天使である。ズッキーニがリモコンのストップボタンを押す。

ズッキーニ　歌っているのは誰かな？

チコリー・ルッコラ　……

ズッキーニ　最後に、天使も画面から消えてもらう。

ズッキーニがリモコンを操作する。

ブラック・ホワイト　（口パク。歌は二人の天使が歌う）

♪花は　花は　花は咲く（フェルマータ）♪

歌の途中でローズマリーとペパーミントが歌いながら退場する。天使が退場すると共に歌声が小さくなっていく。

ブラック・ホワイト　（ブラックとホワイトの口は歌詞の通り動いているが、歌は途中から無音になる）いつか恋する君のために。

ズッキーニがリモコンのストップボタンを押す。

ズッキーニ　これはどういうことだ。

チコリー・ルッコラ　……

ズッキーニ　この二人がやってることは口パクだ。実際歌っていたのは天使役の二人。歌で悪魔を倒すだと。笑わせるな。口パクで悪魔が倒せるわけがない。情けない。情けなさすぎる。こんな情けないゲキは私の手で止めてやる。

チコリー・ルッコラ　待って！

チコリーとルッコラがズッキーニを止める。

チコリー　（台本をズッキーニに差し出して）この台本。

ズッキーニ　（台本を手に取って）この台本がどうかしたのか。

チコリー　私達が初めて書いた作品なの。

ズッキーニ　『花は咲く〜天使が語る物語〜』

チコリー　私達、これをオンラインで公開したの。

ルッコラ　それを最初に上演台本として選んでくれたのがこの二人なの。

チコリー　残念なことに、二人が上演した『花は咲く』は、止まってしまったわ。

ルッコラ　でも、止まったことで、より強く動き始めたの。

ズッキーニ　なぜ止まった？　なぜ再び動き始めた？

チコリー　知りたくなった？

ルッコラ　それじゃ、『花は咲く』が止まったあの日のあの時を見せるわね。

ルッコラがリモコンを操作すると、舞台は文化祭のステージ発表の場となる。

●花は咲く

舞台奥に制服を着た生徒達が椅子を持って登場し、椅子を置いて座る。彼らはステージ発表の観客である。彼らの前に賢太郎と雫が劇を上演するために登場し、静止する。

ルッコラ　あれは、七つ森中学校の文化祭でのこと。
チコリー　『花は咲く』はステージ発表の部で上演されたの。

ルッコラがリモコンのスタートボタンを押すと、ブラック【賢太郎】とホワイト【雫】が動き出す。

ブラック　……ホワイト、歌って。
ホワイト　……
ブラック　君の歌で、この世界に花を咲かせて。
生徒1　よっ、ベストカップル。

その声に観客が笑う。

ルッコラ　そんなヤジにも負けずに、ホワイト役の雫は歌い始めたの。
ホワイト　♪真っ白な　雪道に　春風香る♪
生徒2　おい、音はずれてねーか。
ホワイト　♪わたしは　なつかしい　あの街を　思い出す♪
生徒1　手つないで歌おうよ。

その言葉に観客が笑う。突然、観客席の中央に座っている郷原千秋が立ち上がって叫ぶ。

千秋　やめろ！

一瞬の沈黙。

生徒1　（少しして）やめろ！
生徒2　やめろ！
観客全体　やめろ！　やめろ！　やめろ！　やめろ！

ルッコラがリモコンのストップボタンを押すと同時に全員が動きを止める。

ルッコラ　体育館は「やめろ」の大合唱となったの。

ルッコラがリモコンのスタートボタンを押すと同時に全体が動き出す。

観客全体　やめろ！　やめろ！　やめろ！　やめろ！

千秋　やめろ！　やめろー！

ルッコラがリモコンのストップボタンを押すと同時に全員が動きを止める。

ルッコラ　賢太郎と雫の精神は崩壊寸前になって……

ルッコラがリモコンのスタートボタンを押すと同時に全体が動き出す。

雫　だめ……私、もうだめ……

そう言って、ホワイト役の雫が舞台から逃げ出す。

賢太郎　雫！

賢太郎が雫を追って走っていく。観客席が笑い声と拍手に包まれる。ルッコラがリモコンのストップボタンを押すと同時に全員が動きを止める。

ルッコラ　劇は止まってしまったの。

ズッキーニ　（千秋を指して）最初に「やめろ」って叫んだこいつ、天使役で劇に出ていたな。

チコリー　さすがズッキーニ。素晴らしい観察眼ね。

ルッコラ　そのわけが知りたかったら、次の映像を見てよ。

ルッコラがリモコンを操作すると、舞台は相談室になる。

●相談室

ルッコラ　ここは相談室。

チコリー　「やめろ」って最初に叫んだ郷原千秋は、先生に呼び出されたの。

ズッキーニ　まあ、当然だろうな。

郷原千秋と田島先生が相談室の中に入り、その中央で静止する。ルッコラがスタートボタンを押すと二人が動き出す。

田島先生　郷原さん。さっきの劇であなたがしたこと、やってよかったって思ってる？

千秋　そんなこと思うわけないじゃないですか。

田島先生　それ聞いて安心した。郷原さん、やってしまったことは仕方がない。でも、謝るべきなんじゃない。

千秋　……わかりました。

田島先生　よかった。わかってくれたんだ。

千秋　勘違いしないでください。私がわかったのは、田島先生が私のこと全然わかっていないことです。

田島先生　……

千秋　でも、安心してください。私、演劇部の二人にはちゃんと謝りますから。

田島先生は憮然として相談室を出る。山本大輔と桃山桃花が登場する。大輔と桃花は田島先生に「こんにちは」とあいさつをするが、先生は挨拶を返さないで怒って二人の前を通り過ぎる。千秋が相談室から出てくる。

大輔　（指をさして）あそこ。郷原だ。

桃花　郷原って小学生の時、演劇部の賢太郎のことをいじめてたらしいよ。

大輔　それで、「やめろ」って叫んで、劇を止めたのか。

チコリーが大輔と桃花を指して。

チコリー　この二人は生徒会役員。

ズッキーニ　（大輔と桃花を指して）二人とも劇に出ていたな。

チコリー　この後、現実の世界でもヒーローのドラマが始まるの。

ルッコラ　ドラマの舞台は生徒会室。

ルッコラがリモコンを操作すると、舞台は生徒会室になる。

●生徒会室

生徒会室で生徒会長・青井諒が一人で考え事をしている。そこに生徒会副会長の山本大輔と生徒会役員の桃山桃花が入ってくる。

大輔　どうしたんだ。深刻そうな顔して。
諒　さっきの劇のこと考えてたんだ。
大輔　あー、ひどかったな、あの劇。
諒　ひどかったの、俺達じゃないか。
大輔　なんでだよ。
諒　あれ、いじめだよな。
大輔　……いじめとはちょっと違うんじゃねーか。
諒　俺がどうして生徒会長になったかわかるか？
大輔　「学校の平和を守るため」、なんて特撮ヒーローみたいなこと言うんじゃねーだろうな。
諒　……学校の平和を守るためだよ。
大輔　マジ?!　マジで言ってる?!
諒　大ちゃんは何で副会長になったんだよ。
大輔　理由……それはお前が会長に立候補したからだよ。
桃花　あー、諒と大輔って、小学校の頃から、ずっと一緒に遊んでたよね。
諒　よくやったな、特撮ヒーローごっこ。
大輔　諒が特撮ヒーロー・グラスホッパーで、俺が悪の帝王・アメンボ星人レッド。
桃花　特撮ヒーロー・インセクトマン、私も見てたよ。私の推しはバタフライ。ママに、「女の子がこんなの見るんじゃありません」って怒られるくらい好きだったけど。いつのまにか卒業してた。
大輔　中学になれば卒業するよな。普通。
諒　そういうもんか。
大輔　そういうもんなんじゃないか。
諒　……俺、まだ卒業してないんだ。
大輔　マジ！
諒　たぶん、この先もずーっと卒業しないと思う。
大輔　マジー‼
諒　そんなに変人扱いするなよ。
大輔　いや、そうじゃない。実は……俺も卒業してないんだー。
諒・桃花　えー！
大輔　だから嬉しくって。
諒　大ちゃん、なんで今まで言ってくれなかったんだよ。
大輔　言うと、馬鹿にされるんじゃないかって思って……

突然、諒と大輔が抱き合う。

諒　久しぶりにやるか。ヒーローごっこ。
大輔　小学校以来だな。

諒と大輔がヒーローごっこを始める。最初はスローモーションで、動きを確かめながら戦うが、次第次第に戦いの速度が増していき、最後は本格的な戦闘シーンとなる。大輔が諒に倒されたところで、二人はヒーローごっこをやめる。

諒 もし俺がヒーローだったら、あの時、みんなを止めてた。そして、劇を続けさせた。でも……

桃花 あれ止めるの無理だよ。

諒 「無理という言葉を疑え！ 無理なのか？ 本当に無理なのか？」

桃花 ……

諒 特撮ヒーロー・グラスホッパーの台詞。

桃花 先生だって何もできなかったじゃない。

大輔 さっき、田島が郷原のこと相談室に呼んでたぜ。

桃花 郷原さん、呼び出されて当然なんじゃない。あー、そういえば、演劇部って来年なくなるみたいだね。この前とじ込み手伝った新入生説明会の部活紹介に、演劇部の名前なかったんだ。

大輔 まー、あれじゃ仕方ないだろ。

諒 どうして？

大輔 あの劇じゃ……

諒 俺見たんだよ、中庭であの二人が練習してるの。

大輔 ……

諒 俺には、二人ともすっごく輝いて見えたんだ。

大輔 マジ。

諒が生徒会室を出ていこうとする。

大輔 どうしたんだよ。

諒 「無理なのか？ 本当に無理なのか？」

大輔 郷原と戦うのか。あいつ、アメンボ星人レッドより手ごわいぞ。

諒は生徒会室を出ていく。

大輔 おい、諒。ちょっと、ちょっと待てよ。

ルッコラがリモコンを操作すると、舞台は演劇部部室になる。

●演劇部部室

ルッコラ ここは、演劇部の部室。

ズッキーニ ここで、戦いの幕が切って落とされるというわけだ。

演劇部部室で賢太郎がぼんやり立っている。諒が部室に入ってくる。続いて大輔も部室に入ってくる。

賢太郎　会長……
諒　さっきの劇のことで話がしたくて。ごめん。生徒会長なのに何もできなかった。
賢太郎　……
諒　演劇部の発表、やり直すことできないかな。
賢太郎　……僕、学校では二度と発表したくない。
諒　そっか。で、これからどうするんだ。
賢太郎　一か月後に、地区大会があるんだけど、出るのは無理かな。雨宮さん、二度と舞台に立たないって言ってるんだ。あれが僕達の最後の舞台になっちゃうのかな。
諒　最後？
賢太郎　「来年から演劇部は新入生を募集しません」って先生から言われたんだ。それって廃部になるってことだよね。
諒　それでいいのか？
賢太郎　……

そこに郷原千秋が入ってくる。

諒　郷原さん。
千秋　……
諒　ちょっと話したいことがあるんだ。俺……
千秋　ちょっと待って。賢太郎との話が終わってからにして。
諒　……
千秋　賢太郎……私……
賢太郎　…ありがと（う）
諒・千秋　！
千秋　……なんで、ありがとうなんだよ……
賢太郎　郷原さん、観客に向かって「やめろ」って叫んでくれたんでしょ。
千秋　どうしてそう思うんだよ。
賢太郎　だって、郷原さんが僕達に「劇、やめろ」って言うはずないもの。郷原さん、必死になってみんなのこと止めようとしてたよね。……僕、嬉しかった。
千秋　（泣けてくる）でも、私が「やめろ」って言ったから、「やめろ」の大合唱になったんだよ。私が「やめろ」って言わなければ……
賢太郎　郷原さんのせいじゃないよ。でも、どうしてあのとき「やめろ」って叫んでくれたの？
千秋　あの時、あいつの顔が浮かんだんだ。「やめろ」って叫んでるあいつが。
賢太郎　あいつって？

千秋　古川里美。
賢太郎　古川さん?!
千秋　そしたら「やめろ」って叫んでた。
賢太郎　……
諒　そっか、あの時、ヒーローはあの場所にいたのか……
賢太郎　ヒーロー？
千秋　会長。私に話って何？
諒　あー……なんだったっけ。
千秋　なにそれ？
諒　そうそう、郷原さんは演劇部が廃部になるって……どう思う。
千秋　廃部！　なんで？
諒　そう先生に言われたんだって。
千秋　それじゃ、私のせいじゃん。
賢太郎　そうじゃないよ。劇の発表の前から決まってたことだよ。演劇部ってそんな部だから。
千秋　そんな部ってどんな部だよ。賢太郎、頑張ってたじゃん。私、知ってるよ、賢太郎がどんなに頑張ってたか。それを、そんな部ってことで終わりにしていいのかよ。
賢太郎　（悔しくて泣けてくる）いいわけないよ。僕何のとりえもないけど、一年生の雨宮さんと二人で、練習した。県大会目指して頑張った。それなのに…廃部なんて……

諒　賢太郎。俺、演劇部に入部したいんだけど。
賢太郎　えっ？（大輔は「えー」）
諒　『花は咲く』って、悪魔との戦いの劇だったよな。その戦いに俺も加えてくれよ。

諒がヒーローアクションを見せる。

大輔　そんなら俺も入部する。俺に悪魔やらせてくれよ。悪魔をやらせたら俺の左に出るやつはいないぜ。
諒　右だろ。
大輔　ははは、ともかく、俺が演劇部を３６０度変えてやる。
諒　大ちゃん、変えるなら１８０度。
大輔　はははははは。
諒　俺、生徒会長になってからずっと何かやりたいって思ってた。でも、その何かが見つからなかったんだ。でも、今見つかった。
大輔　何かって何だよ。
諒　演劇部の廃部を止める！　そして、劇は止めない！
千秋　私も入部していいかな。
賢太郎　郷原さんも？
千秋　なんか面白そうじゃん。
諒　地区大会突破して、県大会に行けば、廃部を見直してくれるんじゃないか。

賢太郎　ありがと(う)。でも、雨宮さんなしじゃ、劇は続けられないよ。

諒　てことは、雨宮さんがやるって言えば、続けられるんだよな。

賢太郎　それは、無理だよ。

諒　「無理という言葉を疑え！　無理なのか？　本当に無理なのか？」

賢太郎　……

諒　俺の好きなヒーロー・グラスホッパーの言葉。

賢太郎　……

諒　ゲキを止めるな！

賢太郎　……

ズッキーニ　なるほど。現実は、時に劇よりも劇的っていうことか。

ルッコラがリモコンを操作すると、舞台は雨の日の通学路になる。雨の音が響く。

ルッコラ　次の舞台は雨の日の通学路。

●賢太郎と雫1

雨が降っている。雫が傘をさして登場する。その後を追って、賢太郎が傘をさして登場する。

賢太郎　雫！

雫が歩くのをやめて振り返る。

賢太郎　どうして部活に出ないで帰るの？

雫　私、演劇部辞めます。

賢太郎　……

雫　本間先輩が引退した後、一人でやっていく自信ないんです。

賢太郎　生徒会の会長と、副会長が演劇部に入部することになった。他の生徒会のメンバーも一緒に。

雫　どうして生徒会の人達が？

賢太郎　なんかそんな流れになっちゃって……それと、郷原千秋さんも入部することになった。

雫　郷原先輩って、「やめろ」って叫んだ人ですよね。

賢太郎　あれ、観客に向かって「やめろ」って叫んでくれたんだ。僕達のために。……だから雫、僕達と一緒にもう一度……

雫　私、二度と舞台には立ちません。

賢太郎　……

雫　本間先輩。今まで、ありがとうございました。

賢太郎　……

雫　さようなら。

雫が退場する。その後、賢太郎も退場する。雨の音が響く。

●賢太郎と雫2

雫が傘をさして登場する。その後、賢太郎が傘をさして登場する。

賢太郎　雫！

雫が歩くのをやめて振り返る。

賢太郎　今日はお願いがあって来たんだ。

雫　お願い？

賢太郎　僕に歌、教えてくれない？

雫　本間先輩。それ変じゃないですか。一年生の私が先輩に教えるって。

賢太郎　そうだね。でも、教えてほしい。音外さないで歌えるようになりたいんだ。

雫　何を歌えるようになりたいんですか。

賢太郎　『花は咲く』

雫　……

賢太郎　もし、僕がちゃんと歌えてたら、原作の通り僕と雫の二人で『花は咲く』歌えたのに。雫一人に歌わせちゃって……

雫　ごめんなさい。劇を止めちゃって……

賢太郎　雫は劇を止めてない。あれは……

雨の音が大きくなる。

雫　……わかりました。

賢太郎　えっ？

雫　演劇部には戻りません。でも、先輩に歌を教えるのなら……

賢太郎　ありがと(う)。

雫　それじゃ、私が歌った後、同じように歌ってください。

賢太郎　わかった。

雫　♪真っ白な　雪道に　春風香る♪
賢太郎　（音を外して）♪真っ白な　雪道に　春風香る♪
……外れてるね。
雫　見事に。
賢太郎　どうして、外れるのかな。
雫　本間先輩。今度は、私と一緒に歌ってください。私の音をよく聞いて、その音に合わせて、少し後からついてきてください。
賢太郎　わかった。
雫・賢太郎　♪私は懐かしい　あの街を思い出す♪　（賢太郎は雫に少し遅れて歌う）
雫　その調子です。
雫・賢太郎　♪叶えたい夢もあった　変わりたい自分も……♪

雫は歌うのをやめる。

賢太郎　どうしたの？
雫　……ごめんなさい。
賢太郎　雫。僕、こんなふうに練習すれば『花は咲く』歌えるかな？
雫　歌えるんじゃないですか。
賢太郎　雫と二人でハモることは？
雫　それは無理……（あっ）難しいと思います。
賢太郎　雫が演劇部に戻るのとどっちが難しい？
雫　……私、演劇部には戻りません。本間先輩、私、雨女なんです。私が何かやる日は、いつも雨なんです。雨宮雫は、雨と一緒に不幸を連れてきちゃうんです。そういえば、劇が止まった、あの日も雨でしたね。
賢太郎　……うち、雨好きやわ。
雫　えっ？
賢太郎　もし、古川さんがここにいたら、そんなふうに言うかなって。
雫　古川さん？
賢太郎　あー、前に話した小学校の時アメリカに転校した……
雫　覚えてます。古川里美先輩ですよね。古川先輩の入ってたダンスチーム、全米で優勝したって聞いています。すごいですね。古川先輩ってきっと晴れ女なんですね。
賢太郎　晴れ女？
雫　何をやってもうまくいく、晴れ女です。でも、私は違うんです。
賢太郎　……
雫　さようなら。

雫が帰り始める。

賢太郎　雫！

雫　……

賢太郎　さっき、どうして歌うのやめたの？

雫　……

賢太郎　叶えたい夢があったからじゃないの？　変わりたい自分がいたからじゃないの？

雫　……

賢太郎　雫、これからも歌、教えてくれる？

雫　……

賢太郎　僕、叶えたい夢があるんだ。変わりたい自分がいるんだ。それと、雫と歌ってるうちは、まだあの劇が動いている気がするんだ。だから…

雫　……

賢太郎　雫。僕待ってるから、雫が戻ってくるの。止まっちゃった劇、雫と一緒に動かしたいんだ。

雨の音が響く中、雫が帰っていく。反対側から一人の少女が傘をさして登場する。少女の名前は古川里美。

里美　本間君！

賢太郎　（振り返る）

里美　ひっさしぶりやな。

賢太郎　ひっさしぶりって……えっ、古川さん？

里美　そや、古川里美や。

賢太郎　古川さん、どうしてここに……

里美　アメリカから帰ってきたんや。そして今日、七つ森中学校の生徒になった。本間君、演劇部の部長やってるってほんま？

賢太郎　うん。

里美　うち、演劇部に入部したいんやけど。

賢太郎　えー！

ルッコラがリモコンのストップボタンを押すと同時に、二人は動きを止める。

ズッキーニ　なるほど、こういう展開になるのか。ところで『花は咲く』って劇はどうなった。

ルッコラ　演劇部員が増えたんで、台本は新しく書き直したの。

チコリー　劇の題名は『花は咲く』から『ゲキを止めるな！』に変えたわ。

ズッキーニ　『ゲキを止めるな！』、そいつはどんな劇だ？

ルッコラ　止まってしまった劇を、もう一度動かそうとする演劇部の劇。それを天使と悪魔の戦いとして描いたの。

チコリー　そして、部室に「天使からの贈り物」って書いて置いたの。

ズッキーニ　怪しい。怪しすぎる。

チコリー　でも、みんなその台本をすんなり受け入れてくれたわ。

ズッキーニ　安っぽい天使の物語によくあるパターンだ。

チコリー　ずいぶんひどい言い方するのね。

ズッキーニ　それで、この安っぽい天使の物語はこの後どうなるんだ？

ルッコラ　ありがとう、ズッキーニ。私達の劇に興味を持ってくれて。次の舞台は、再び演劇部の部室。

ルッコラがリモコンを操作すると、舞台は演劇部部室になり、演劇部員が集まってくる。ここで登場するのは。本間賢太郎、古川里美、郷原千秋、青井諒、山本大輔、桃山桃花。

●古川里美と雨宮雫

里美　本間君と一緒に劇創れるなんて、劇の中の出来事みたいやな。千秋まで一緒なんて信じられんわ。

千秋　それはこっちの台詞だよ。

里美　で、うちの役はどうなるん？

賢太郎　ローズマリーっていう天使やってくれない。

里美　うちが天使？　その天使、関西弁話すんか？

賢太郎　台本では標準語になってる。

里美　そやな、関西弁の天使なんて、聞いたことあらへんもんな。

賢太郎　これが配役表。

賢太郎が里美に配役表を渡す。里美がそれを見る。

里美　一つ聞いてええか。配役表に、ホワイト・雨宮雫って書いてあるな。でも、雫って部活辞めたんやろ。

賢太郎　戻ってきてほしいって思ってる。だから名前残してるんだ。

雨の音が聞こえてくる。

里美　（窓から外を見て）雨やな。

賢太郎がドアのところに立っている雫に気がつく。

賢太郎　雫。
雫　……
賢太郎　演劇部に戻ってくれるの？
雫　（首を振って）私、舞台には立ちません。あのシーン、私が出たから、ああなったんです。私、今でも後悔してます。あの日、劇に出たこと。
諒　雨宮さん。俺達生徒会のメンバーが、どうして演劇部の劇に参加する気になったかわかる。俺達、あの日があったから、本気でいじめについて考えるようになったんだ。
大輔　諒、先生相手に粘りに粘ったからな。「いじめゼロ運動」の発表、演劇部と合同でやる劇にしたいって。
諒　先生の力を借りないで「いじめゼロ運動」計画したかったんだ。そして、その答えがこの劇なんだ。
桃花　雨宮さん。あの日が、私達を変えたの。
雫　……私は、あの日のままです。
桃花　……
雫　（里美に）古川先輩……ですよね。
里美　そや、古川里美や。
雫　古川先輩。ダンスで優勝した日の空ってどんな空でしたか？
里美　雲一つない、晴れ渡った空やったな。
雫　やっぱり。
里美　やっぱりって、どういうこと？
雫　私、古川先輩のように、幸せを連れてくる晴れ女じゃないんです。雨宮雫は、雨女なんです。ほら、今だって。

雨の音が響く。

雫　私は、雨と一緒に、不幸を連れてくるんです。
里美　うち、いつ晴れた空が一番って言うた？　アメリカで見た一番すてきな空は、ダンスでてっぺんに立った日に見た晴れ渡った空やない。一番すてきな空は、病気で入院してたうちのばあちゃんの退院が決まった日の空。ばあちゃん、もう最高の笑顔見せてくれてな。あの日の空、雨やったな。
雫　雨……
里美　雨の雫がキラキラ輝いてた。うち雨好きやわ。

賢太郎が思わず雫を見る。雫も賢太郎を見ている。

賢太郎　雫。僕がどうして演劇部に入ったかわかる？
雫　……
賢太郎　叶えたい夢があったんだ。
里美　本間君の叶えたい夢って何？

賢太郎　……言うと笑われる。
里美　誰が笑うんや。うち知りたいわ、本間君の夢。
賢太郎　……たくさんの笑顔を届けたい。
里美　ええな、それ。
賢太郎　それとね、演劇部に入って変わりたい自分がいたんだ。ずっと変われなかったけど、あの発表の後、少し変われたって思うんだ。
里美　どんなふうに変わったん？
賢太郎　古川さん、僕の歌声覚えてる？　小学校の時、すごく歌下手だったでしょ。
里美　まあ、はっきり言《ゆ》うてうまくはなかったな。
賢太郎　歌っていいかな？
里美　本間君、一人で歌うんか。そりゃ、聞きたいな。
賢太郎　♪叶えたい夢もあった　変わりたい自分もいた(見事に歌声を響かせる)♪
里美　うわー、そない歌えるようになったんか……びっくりや。
賢太郎　雫が、僕の歌の練習につき合ってくれたんだ。僕、雫のおかげで変われたんだ。

突然、雫が泣き出す。

雫　私も、変わりたい自分がいました。でも、変われなかった。全然変われなかった……

雫は泣いている。雨の音が聞こえなくなる。

里美　雫。今の言葉、心にずっしり響いたで。
雫　……
里美　もし、もしやで、今のあんたの言葉、(客席を向いて)向こうで誰かが聞いてたら、あんたのこと笑うか？
雫　……
里美　誰も笑わん。それどころか思いっきり心持ってかれるわ。
雫　……
里美　雫。あんたもう変わってるんとちゃう？
雫　(えっ)

雫が里美を見つめる。そのびっくりした顔を見て、里美がくすっと笑う。

里美　(あっ)笑《わろ》てごめんな。そんなまんまるな目でうちのこと見るから、つい笑《わろ》てもうた。でも、バカにして笑《わろ》たんやない、感動して笑《わろ》たんや。
雫　……
里美　雫、ありがと、うちに笑顔届けてくれて。

雫　私が、笑顔を届けた……
里美　そや。
賢太郎　あー、雫に先越された。その笑顔、僕が届けたかったのに。

雫の表情が泣き笑いになる。

里美　雫、うちの前で初めて笑《わろ》たな。ええな、その笑顔。
雫　……
里美　あー、雨やんだな。雫、あんた雨女失格や。（窓の外を見て）あそこ、見てみ。
賢太郎　うわー。
里美　でっかい虹や。
雫　！
里美　雫、一緒に劇がんばろな。
雫　はい。

雫はそう言った後、はっとして手で口を押える。

里美　雫、今「はい」言うたな。ほんなら、明日から練習開始や！
賢太郎　やったー。

全員が笑顔になる。

賢太郎　みんな、掛け声かけていいかな？

みんなが前向きな反応をする。

賢太郎　ゲキを止めるな！
部員全員　（みんなの表情がパッと明るくなり）ゲキを止めるな！
ズッキーニ　なるほど、よくある感動物語だ。ということは、例の口パクは、お前達の指示ということになるな。
チコリー　私達、そんなひどいことしないわ。
ルッコラ　口パクのわけは、次のシーンを見ればわかるわ。

ルッコラがリモコンを操作すると、舞台は地区大会直前の演劇部部室となる。

●再スタート

演劇部部室で練習しているのは次のメンバー。本間賢太郎、雨宮雫、古川里美、郷原千秋、青井諒、山本大輔、桃山桃花、秋元達也、東田浩介。舞台中央では、ヒーロー対悪魔の戦いの練習が行われている。その後、大輔は台本を手に、声を出して台詞練習を始める。

大輔【バリウム】 それは、私が悪魔だからさ。私は、バリウムの体を支配しているのだ。今ギョッキョウはガッコウの中にいる。ギャッキョウがガッキョウ、あー？

諒 学校が逆境。

大輔 ギャッキョウがギャッキョウ……あー

諒 貸してみろよ（そういって大輔の台本を手に取って悪魔的にそれを読む）今学校は逆境の中に置かれている。学校の中で逆境に苦しんでいる人を助けるのは天使か……

大輔 いいね。俺の代わりに悪魔やってくれよ。

賢太郎 それ、いいんじゃないかな。

大輔 賢太郎、お前マジで言ってる？

賢太郎 青井君の声、録音して流すってどうかな。青井君の声に合わせて大輔君が動けばいいんじゃない。録音すれば台詞間違える心配もないし。

大輔 どうする？

諒 とりあえず俺が言う台詞に合わせて動いてみるか。

大輔 よし。

諒 「（悪魔的に）それは、私が悪魔だからさ。私は、バリウムの体を支配しているのだ。今学校は逆境の中に置かれている。学校の中で逆境に苦しんでいる人を助けるのは天使か……いや、そうではない。それは悪魔。悪魔がこの世界に平和をもたらすのだ」（大輔は諒の読む台詞に合わせて大胆に動く）

賢太郎 古川さん、どう思う？

里美 おもろいな。新演出ってことでええんやない。

大輔 マジ！

再び舞台上で演劇部の練習が展開される。里美と千秋が『花は咲く』を二重唱で歌い始める。

里美・千秋 ♪夜空の　向こうの　朝の気配に
わたしは　なつかしい　あの日々を　思い出す♪

演劇部員が二人の周りに集まってくる。賢太郎と雫は、歌っている二人を見ながら相談をしている。

里美・千秋 ♪傷ついて　傷つけて　報われず　ないたりして　今はただ　愛おしい　あの人を　思い出す♪

部員達から自然と拍手が沸き起こる。

里美　千秋。あんたとこんなふうに二人で歌う日が来るなんて信じられんわ。

千秋　（意識的に関西弁を使って）そやな。

二人が笑う。

賢太郎　古川さん。

里美　何？

賢太郎　僕らの代わりに『花は咲く』歌ってくれないかな。

里美　どういうこと？

雫　先輩達のほうが私達よりずっと歌声が響いてます。それにハモれるし。

里美　雫。あんた歌滅茶苦茶うまいやないか。賢太郎だって、びっくりするほどうまくなったし。

賢太郎　でも、ハモろうとすると、どうしても雫の音につられちゃうんだ。だから、二人に歌ってもらって、僕達は歌に合わせて口を動かすんだ。

里美　口パクってこと？

賢太郎・雫　（うなずく）

里美　それは逃げやないか。

賢太郎　僕達、後ろ向きな気持ちで口パクを提案してるんじゃないんだ。県大会に進めたらたくさん練習して、僕達二人で歌えるようにする。僕、どうしても県大会に行きたいんだ。演劇部を廃部にさせたくないんだ。

千秋　私、やってもいいよ。

里美　……わかった。口パクで決定や。けど、県大会に進めなかったら、二人とも歌、歌わんで終わりや。絶対県大会行かなあかんな。

賢太郎　古川さん。ありがとう。（雫は「ありがとうございます」）

ルッコラがリモコンのストップボタンを押すと同時に全員が動きを止める。

ズッキーニ　それで口パクだったのか。

チコリー　この後、緊急事態宣言が出されることになって、地区大会はビデオ映像での審査に変更になったの。

ルッコラ　その撮影の様子はさっき見せたでしょ。

チコリー　ズッキーニは最後まで見ないで止めちゃったけど……。

ズッキーニ　撮影はうまくいったのか？

チコリー　うまくいってたら、ズッキーニを呼んだりしないわ。
ズッキーニ　どういうことだ？
ルッコラ　それは次の映像を見ればわかるわ。

●ゲキを止めるな！

ルッコラがリモコンを操作すると、演劇部員がビデオ画面の早送りのように動き出す。ルッコラがリモコンのストップボタンを押すと、全員静止する。ルッコラがリモコンのスタートボタンを押すと、演劇部員全員が「えー」という驚きの声をあげる。

梨花　ごめんなさい。まさか替えのバッテリーまで切れるなんて思ってなくて。
賢太郎　梨花さんのせいじゃないよ。で、どこまで撮れたの？
梨花　バリウムが手を挙げて雷が鳴るところあるじゃない（大輔がそのシーンを演じる）。その前まで……
賢太郎　そこで終わると、話、何が何だかわからないね。公民館は後二十分で閉館。でもビデオカメラは動かない。どうしたらいいかな？

ルッコラがリモコンのストップボタンを押すと同時に全員が動きを止める。

ルッコラ　私達、ここで天使の力を使って時を止めたの。
ズッキーニ　時を止めただと。ということは、目の前のこの映像は、映像であると同時に実在でもあるのか。
ルッコラ　そういうこと。
チコリー　ズッキーニ、何とかして。
ズッキーニ　時を止めるなどという大それたことができるのに、なぜ劇が止まることを止められない。この展開、私の嫌いな、時を自由に操る安っぽい天使の物語と同じではないか。
チコリー　そんな言い方しないで。
ズッキーニ　私は天使の力を使って人の運命を変えてやる天使の物語が嫌いだ。
ルッコラ　いけない、もうこれ以上時を止めておくことはできない。
チコリー　時が動き出すわ。

静止していた演劇部員達が動き出す。

賢太郎　残念だけど、ここまでの映像で地区大会に参加するしかないかな。

諒　それじゃ県大会に行けないぞ。それでもいいのか？
賢太郎　でも、この状況で撮影を続けるのは……無理だよ。
ズッキーニ　そう、無理なものは無理だ。
諒　「無理という言葉を疑え！　無理なのか？　本当に無理なのか？」
賢太郎　僕だって劇を止めたくないよ。でも……
チコリー・ルッコラ　ズッキーニ！
ズッキーニ　ゲキを止めるな！

ズッキーニが手を挙げると同時に雷鳴が轟く。

梨花　えー！　何！　何！　今の雷で、バッテリー充電されたんだけど。
賢太郎　ほんとに？
梨花　たったの一〇分だけどね。
賢太郎　一〇分あればラストまで撮影できるよ。
諒　賢太郎。こんどこそラストまでたどり着こうぜ。
賢太郎　うん。
諒　（賢太郎に）ゲキを止めるな！
賢太郎　ゲキを止めるな！
全員　ゲキを止めるな！
賢太郎　（うなずいて）ブラックとホワイトの歌から撮り直そう。

みんながラストシーンの準備をする。

チコリー・ルッコラ　……
ズッキーニ　（吐き捨てるように）私は天使の力を使って人の運命を変えてやる天使の物語が嫌いだ。

●もう一つの「ラストシーン」

賢太郎　準備いいかな。

みんながそれぞれ返事をする。

賢太郎　撮影、スタート。

ブラック【賢太郎】とホワイト【雫】が『花は咲く』を歌う。
ただし、ブラック【賢太郎】とホワイト【雫】の歌は口パクで、実際はローズマリー【里美】とペパーミント【千秋】が歌う。

ブラック・ホワイト　♪花は　花は　花は咲く　いつか生ま

れる君に♪

ナトリウム・カルシウム　うっ……（苦しむ）

ブラック・ホワイト　♪花は　花は　花は咲く（フェルマータ）♪

ナトリウムとカルシウムが呻き声を発して倒れる。この瞬間バリウムが手を挙げる。舞がCDラジカセのスイッチを押すが雷鳴が出ない。舞がCDラジカセを叩くが、雷鳴は出ない。バリウムはもう一度手を挙げて雷鳴を求める。舞は再度CDラジカセを叩くが、雷鳴は出ない。舞が両手で×を作り音が出ないことを示す。

チコリー・ルッコラ　ズッキーニ！

ズッキーニは首を振る。

バリウム　（雷の音をまねて）バリバリバリドッカーン。ははは、雷だー。すごい雷だー。

バリウム【大輔】はその場を何とかごまかす。

バリウム　（笑い声）そんな歌声ではこの私を倒すことはできない。なぜかって……それは、

舞がCDラジカセのスイッチを押し録音した諒の台詞を出そうとするが、音が出ない。舞がCDラジカセを叩くが、音は出ない。

バリウム　それは……

舞が再度CDラジカセのスイッチを押すが、音は出ない。舞は両手で×を作り音が出ないことを示す。

チコリー・ルッコラ　ズッキーニ！

ズッキーニは迷う。そして、再び天使の力を使おうとしたその時、突然グラスホッパー役の諒が立ち上がり、よろめきながらバリウムの前に立つ。そして、観客に背を向けた状態でバリウムと組み合う。グラスホッパーはひざまずき、バリウムの顔が観客に見えるようにする。バリウム【大輔】とグラスホッパー【諒】が見つめ合う。諒はバリウムの台詞を言い始める。

諒　（悪魔の口調で）それは、私が悪魔だからさ。

一瞬の緊張。

諒　（大輔は口パクで自分が話しているようにバリウムを演じる）私は、バリウムの体を支配しているのだ。今学校は逆境の中にいる。学校の中で逆境に苦しんでいる人を助けるのは天使か……いや、そうではない。それは悪魔。悪魔がこの世界に平和をもたらすのだ。

バリウムが大声を発してグラスホッパーを倒す。グラスホッパー【諒】は目でブラック【賢太郎】とホワイト【雫】に「続けろ」という合図を送る。

ブラック・ホワイト　……

諒　（小声で）続けろ。

ブラック　天使さん。僕達に力を貸してください。
ホワイト　天使の力を貸してください。
ローズマリー　あなた方に力を授けるわ。
ペパーミント　悪魔と戦うことができる魔法の力。
ローズマリー・ペパーミント　天使の歌声を。

舞がCDラジカセのスイッチを押すが、音が出ない。舞がCDラジカセを叩くが、それでも音は出ない。舞は両手で×を作り音が出ないことを示す。

ローズマリー　ブラック。ホワイト。うちの声が聞こえるか。うち、関西弁の天使なんや。ほんまに伝えたいことは、関西弁やないとよう伝わらん。そやから、関西弁で話すで。
ブラック・ホワイト　……
ローズマリー　（バリウムを指して）こいつはとんでもなく強い悪魔や。どんなヒーローでもこいつを倒すことはでけへん。ただ、たった一つ、こいつを倒せる可能性が残っとる。
ブラック・ホワイト　……
ローズマリー　自分の声で歌うんや。
ブラック・ホワイト　!!!
ローズマリー　うちら天使の力なんてあてにしたらあかん。自分の声で歌うんや。
ブラック・ホワイト　……
ローズマリー　このドラマの主人公はあんたら二人や。二人は、何度も止まりそうになったゲキを止めんで、今日ここまでたどり着いた。その思いを二人の歌声に重ねるんや。二人の思いが込められた歌声、それがほんまの天使の歌声や。そう思わんか、ペパーミント。

ペパーミント　（にっこり笑って）そやな。
ブラック　……ホワイト、歌おう。自分達の声で。
ホワイト　えっ?!
ブラック　僕らの歌で、この世界に花を咲かせよう。
ホワイト　……（うなずく）

　舞台に緊張が走る。

諒　（小声で）がんばれ。

ブラック・ホワイト　♪（二重唱で）花は　花は　花は咲く
いつか生まれる君に♪

　今までで一番のハーモニーが奏でられる。最初はその歌声に聞き入ってしまうバリウム、ナトリウム、カルシウム。途中ではっとして苦しみ始める。

ナトリウム・カルシウム　うっ……
バリウム　なんだ、この歌声は……
ブラック・ホワイト　♪花は　花は　花は咲く（フェルマータ）♪

　バリウム、ナトリウム、カルシウムがひざまずく。

ブラック・ホワイト　♪いつか恋する君のために♪
バリウム・ナトリウム・カルシウム　うおー!!!

　バリウム、ナトリウム、カルシウムが倒れる。舞がCDラジカセのスイッチを押すが、音が出ない。舞が祈るようにCDラジカセを叩くと『花は咲く』のピアノバージョンが流れ始める。ガッツポーズで喜ぶ舞。

ブラック　花が咲いた……
ホワイト　私達の花が咲いた……

　グラスホッパーとバタフライが立ち上がる。そのヒーロー達にブラックとホワイトが駆け寄る。

ローズマリー　こうして、七つ森学園に再び平和が訪れました。
ペパーミント　七つ森学園は天使の歌声が響く学校になったのです。

『花は咲く』が響く中で暗転。

●エピローグ

梨花　はい、オッケーでーす。ラストシーンの撮影終了。バッテリー持ちましたー。

みんなが歓声を上げて舞台中央に集まってきて、それぞれをたたえ合う。『花は咲く』がバックグランドミュージックとして流れ続ける中、舞台が明るくなる。

チコリー　ズッキーニ。ありがとう。
ズッキーニ　……何のことだ。
ルッコラ　（ズッキーニの真似をして）「ゲキを止めるな！」
ズッキーニ　私は天使の力を使って人の運命を変えてやる天使の物語が嫌いだ。
チコリー　私達が創った『ゲキを止めるな！』はどうなの？
ズッキーニ　わかりきったことを聞くな。私はおまえ達の劇が……

ここで演劇部員達が歓声を上げる。その歓声にズッキーニの声がかき消されてしまう。

チコリー　えっ、何？
ルッコラ　何て言ったの、ズッキーニ。

『花は咲く』が響く中、暗転。

●もう一つのエピローグ

客席の後ろにある通路から、福田凛の声が聞こえてくる。

凛　オッケーです。上演時間四四分三〇秒。ビデオ撮影うまくいきました。この映像で地区大会に参加できまーす。

凛は、客席の後ろにある通路からずっと撮影していた。演劇部員が歓声を上げて喜び合う。舞台が明るくなる。凛が舞台の仲間に合流する。凛が最初にハイタッチをするのは、ズッキーニ。

ズッキーニ　凛。撮影ごくろうさま。

凛　圭吾。これで、無事地区大会に参加できるね。

演劇部員がズッキーニ、チコリー、ルッコラの周りに集まってくる。ズッキーニは森泉圭吾、チコリーは北沢みなみ、ルッコラは坂本奈々という七つ森中学校演劇部員だった。

里美　（ズッキーニ役の圭吾に）圭吾。ズッキーニって美味しい役やな。

圭吾　古川さん、僕は圭吾じゃない。ズッキーニだよ。

里美　そやな。（チコリー役のみなみとルッコラ役の奈々に）みなみ、奈々、うち、二人が書いたこの話、めっちゃ好きや。

みなみ　どんなところが好きなんですか？

里美　どこまでが劇で、どこまでが現実かわからんとこ。なんかまだ劇が続いてる気分や。

奈々　実は、これ私達が書いたんじゃないいんです。本当に天使の贈り物なんです。

里美　それ、ほんま？

奈々　ウソです。

みんなが笑う。

賢太郎　（あっ）そろそろ、公民館を出る時間だね。

里美　そやな。

圭吾　（観客席を見て）観客の前で上演できる日って来るのかな。

里美　来るんやない。ほら見てみ。（観客席を指差して）満員の観客席。

演劇部員全員が観客席を見つめる。

里美　これから先の未来で出会う観客や。みんな拍手しとる。ようゲキ止めずにここまで来たなって拍手しとる。本間君、この拍手に応えんと。

賢太郎　僕が？

里美　そや。それが部長の務めや。

賢太郎が客席に向かって一礼する。賢太郎は『花は咲く』を歌い始める。

賢太郎　♪真っ白な　雪道に　春風香る（胸がいっぱいになり歌は涙声になる）　わたしは　なつかしい　あの街を思い出す♪

賢太郎は胸がいっぱいになって歌えなくなる。雫が賢太郎に近づく。二人の目と目が合う。二人は『花は咲く』の続きを二重唱で歌い出す。

賢太郎・雫　♪叶えたい　夢もあった　変わりたい　自分もいた　今はただ　なつかしい　あの人を　思い出す♪

里美と千秋が歌に加わる。

賢太郎・雫・里美・千秋　♪誰かの歌が聞こえる　誰かを励ましている　誰かの笑顔が見える　悲しみの向こう側に♪

ここまで歌ったところで、みんなが笑い出す。ここからは、演劇部全員が歌に参加する。

全員　♪花は　花は　花は咲く　いつか生まれる君に花は　花は　花は咲く　わたしは何を残しただろう♪

全員　♪花は　花は　花は咲く　いつか生まれる君に花は　花は　花は咲く（フェルマータ）♪

賢太郎・雫　♪いつか恋する君のために♪

●更にもう一つのエピローグ

全員が花咲く未来を見つめる中、声が聞こえてくる。

声　オッケーです。上演時間四九分三〇秒。ビデオ撮影うまくいきました。この映像で地区大会に参加できます。

みんなが歓声を上げて喜び合う。そして、次の瞬間、全員が喜びを爆発させた姿勢で静止する。全員がそのポーズのまま、顔だけ観客席に向ける。

賢太郎　ゲキを止めるな！
全員　ゲキを止めるな！

――幕――

バタフライ

ロシアがウクライナに侵攻した
二〇二二年とその前後のドラマです。

■登場人物

マサル　日本の中学生。

プログラミングが得意。『KAMUI, Hero in the Dark』という闇の忍者を主人公としたゲームを作成している。とある国から来たマーシャとは簡単な英語で会話する。心の中には男性の自分も女性の自分も住んでいる。

マーシャ　とある国の少女。

日本語を話すことはできないが、簡単な英語は話すことができる。夏休みの間、マサルの隣の家で生活している。帰国後、彼女の国で戦争が始まる。

心の中のマサル1【スガル……『KAMUI, Hero in the Dark』に登場するカムイの仲間】

自分のことを「僕」と言って話すのが好きなマサル。

心の中のマサル2【カムイ……『KAMUI, Hero in the Dark』の主人公の忍者】

自分のことを「俺」と言って話すのが好きなマサル。

心の中のマサル3　女性のイメージのマサル。

心の中のマサル4　女性のイメージのマサル。

心の中のマサル5　男性のイメージのマサル。

心の中のマサル6　男性のイメージのマサル。

※心の中のマサルの人数は自由に変更できる。

ナレーター1〜3　※ナレーターの人数は自由に変更できる。心の中のマサルが兼ねることが可能である。

闇の組織のメンバー　『KAMUI, Hero in the Dark』に登場する。※心の中のマサルが兼ねることが可能である。

1 プロローグ

ナレーター1〜3が登場する。※1 ナレーター1はふたつきの小箱を持っている。

ナレーター1 この広い世界の中で、一人一人の人間はほんのちっぽけな存在です。それに私達は中学生、大人ではありません。更にちっぽけな存在と言っていいかもしれません。

ナレーター2 そんな私達のメッセージが、この世界の何かを変えることなんてことがあるでしょうか。例えばどこかで行われている戦争がなくなるとか……

ナレーター3 ……無理ですよね。でも、本当に無理ですか？ 絶対に無理だと言い切れますか？

ナレーター1 気象学者ローレンツ博士は、講演で「ブラジルの一羽の蝶の羽ばたきが、テキサスで竜巻を引き起こすか？」という問いかけをしました。その問いかけから生まれたのが「バタフライ効果」という言葉です。

ナレーター2 そして、「バタフライ効果」はもともとの意味とは違った意味で使われるようになりました。

ナレーター3 「蝶の羽ばたきのようなちっぽけなことが、世界に大きな変化をもたらす」

ナレーター1 私達中学生のメッセージは、蝶の羽ばたきのようなちっぽけなものかもしれません。

ナレーター2 でも、もし蝶の羽ばたきに世界を変える可能性が秘められているなら、私達中学生だって……そんなことを夢見てはいけないでしょうか。

ナレーター3 私達中学生のメッセージが、戦争で苦しんでいる人達の心に虹をかける。そう、竜巻を引き起こすのではなく、虹をかけるんです。

ナレーター1 私が持っているこの箱に入っているのは、蝶の姿をした夢です。そんな夢が入った大切な箱のふたを、今ここで開けようと思います。

ナレーター1が箱のふたを開ける。コーラス隊が登場する。

ナレーター1 ほら、蝶が飛び立ちました。ちっぽけだけど心踊る夢が、今始まります。

コーラス隊による合唱が始まる。※2

2 マサル

歌い終えた後、コーラス隊が退場する。それと入れ替わる形でマサルと心の中のマサル1～6が登場する。※3
マサルは手にしたタブレットを操作し始める。マサルは、今創作中のゲームを動かすのに必要なプログラムを入力している。しばらくして、マサルはキーボードを打つのをやめて、立ち上がる。マサルは自己紹介を始める。

マサル　僕の名前はマサル。周りからはごく普通の中学生って思われている。けど、頭の中は普通なんかじゃない。僕はそう思ってる。僕の頭の中はこんな感じ。

心の中のマサル達が、それぞれの個性を表現して静止する。

マサル　僕の頭の中は、しゃべり方も考え方もバラバラの複数形の僕がワイワイガヤガヤ言ってるカオス状態。もちろん男の子の僕もいるけど、女の子の僕もいる。よく言えば、多様性に満ちている。悪く言えば支離滅裂。そんな複数形の僕の中で、僕が使う言葉を決めているのがこいつとこいつ（心の中のマサル1・2を指す）。こいつらは僕以上に僕のことを知ってるのかもしれない。ってことで、僕の紹介手伝ってくれよ、マサル。

心の中のマサル1・2　仕方ないな。
心の中のマサル1　僕、つまりマサルが、今はまっているのはゲームなんだ。
心の中のマサル2　俺、つまりマサルは、オリジナルのゲームを創っている。
心の中のマサル1　そのゲームのタイトルは、『KAMUI, Hero in the Dark』
心の中のマサル2　俺が演じるのは、カムイという現代の忍者だ。
心の中のマサル1　僕が演じるのは、スガルというカムイの仲間の忍者。
心の中のマサル2　『KAMUI, Hero in the Dark』の舞台は仮想空間に広がる闇。そこにうごめく悪を、俺達二人が、闇の更に奥にある真っ暗闇へと消し去る、そんなストーリーだ。
心の中のマサル1　出だしはとっても順調だった。イメージが次から次へと生まれてきた。
心の中のマサル2　けど……今、マサルは悩んでる。
マサル　だめだ、だめだ……ヒロインのイメージが思いつかない。

心の中のマサル1　そんな時、僕の前に一人の女の子が現れたんだ。

一人の少女が登場する。

心の中のマサル1　その女の子は、僕の家の隣の大きなお屋敷で暮らし始めた。
心の中のマサル2　そこからマサルとその女の子のドラマが動き出すってわけだ。
心の中のマサル3　ちょっと待って。私達もマサルの中にいるマサルなんだから、少しはしゃべらせてよ。
マサル　わかった。それじゃ、あの女の子について説明して。
心の中のマサル3　あの子って、とある国から来たんだよね。
心の中のマサル4　とある国ってどこにあるの？
心の中のマサル3　とある国って「とあーる国」じゃないの？
心の中のマサル5　彼女が住んでいた国は、僕の知らない国だった。
心の中のマサル4　それで「とある国」ってことか。
心の中のマサル3　あの子、そのとある国から家族と一緒に来て、日本で夏休みを楽しむんだって。
心の中のマサル6　（心の中のマサル5に）あの子、ずっと庭で遊んでるな。
心の中のマサル3　ちょっと、のぞくのやめなよ。
心の中のマサル6　のぞいてたわけじゃない。窓から外を見ると自然と目に入っちゃうんだ。
心の中のマサル5　見たくなくても見えちゃうんだから仕方ないじゃないか。
心の中のマサル3　見たくないっていうのはうそだよね。
心の中のマサル5　えっ……まあ、そうだね。
心の中のマサル4　あの子いつも笑っているね。
心の中のマサル6　この前は廊下を掃除しながらモップに話しかけてた。
心の中のマサル3　家の中までのぞいてたってこと？
心の中のマサル6　そうじゃない、自然と目に入っちゃうんだ。

雨が降り始める。

心の中のマサル3　雨降ってるのに、傘さしてないね。
心の中のマサル4　雨に話しかけてる。
心の中のマサル3　何か歌ってるんじゃない。

心の中のマサル4　歌ってるね。
心の中のマサル3　風邪ひいちゃわないかな。
心の中のマサル4　ひいちゃうかもね。
心の中のマサル6　よし。ここは俺が何とかしよう。
心の中のマサル3　どうする気？

心の中のマサル6は少女に傘を持っていき、その傘を手渡す。

心の中のマサル6　お嬢さん、どうぞこの傘を使ってください。

少女がその傘を受け取る。マサルがタブレットを操作し始めると、少女が傘をさし、雨の中で歌い、踊り出す。そこに心の中のマサル達が加わり、傘とモップなどの掃除道具を使ったダンス（パフォーマンス）を繰り広げる。ダンス（パフォーマンス）終了後、少女は退場する。マサルは、タブレットの画面を眺めてにやにやしている。

3 KAMUI, Hero in the Dark

心の中のマサル2　マサル！

マサルはハッとして、心の中のマサル2を見る。

心の中のマサル2　いつまで妄想にふけってるんだ。
マサル　……
心の中のマサル2　俺はこんな妄想の世界に浸るマサルは、嫌いだ。
マサル　……
心の中のマサル2　マサル。これがおまえが描きたい世界なのか。おまえが描こうとしてるのは、こんな光あふれる世界なのか？
マサル　……
心の中のマサル2　光から目をそらせ。おまえが描きたかったのは闇の世界。そうだよな。
心の中のマサル1　いいじゃないか。光を見つめたって。
心の中のマサル2　おまえは俺の仲間じゃないのか？　スガルという闇の世界で生きる忍者じゃないのか？
心の中のマサル1　それはゲームの世界での話だよ。

心の中のマサル2　マサル。おまえは現実の光あふれる世界に息苦しさを覚え、『KAMUI, Hero in the Dark』ってゲームを創り始めた。そうだよな。

心の中のマサル1　……

心の中のマサル2　俺は、光が嫌いだ。

心の中のマサル1　でも僕は……

心の中のマサル2　その僕という言い方、やめてくれないかな。俺はその弱々しい響きが嫌いだ。闇の世界で活躍する俺達ヒーローにふさわしくない。

心の中のマサル1　でも僕は、僕っていう言い方が好きなんだ。

心の中のマサル2　……

心の中のマサル1　僕もまぶしすぎる光は好きじゃない。でも、闇の中の光は……嫌いじゃない。

マサル　……闇の中の光。そうか、ヒロインは闇の中の光。その光はあの女の子。そして、そのヒロインを助けるのは、闇の世界で戦うダークヒーロー・カムイとその仲間のスガル。イメージが湧いてきた。『KAMUI, Hero in the Dark』が動き始めた！

マサルが猛烈な勢いでタブレットを操作する。

舞台はマサルが生み出すゲームの世界。隣の家の少女がヒロインとして舞台に登場する。悪の組織のメンバーが登場し、その少女を連れ去ろうとする。そこに、闇のヒーローである忍者カムイとスガルが登場する。二人は悪の組織のメンバーと戦い、最終的に少女を救出する。悪の組織はカムイとスガルによって倒される。

マサル　完成した！『KAMUI, Hero in the Dark』が、完成した！

4　マーシャ

心の中のマサル3〜6が、拍手をしながら登場する。

心の中のマサル6　（心の中のマサル5に）このゲーム、あの子に見せに行かないか。

心の中のマサル5　……よし、行こう。

心の中のマサル6　勇気を出して突撃だ！

心の中のマサル1　待って！

心の中のマサル6　なんで止めるんだ！

心の中のマサル１　いや……これは止めるよね。
心の中のマサル６　俺は完成したこのゲームを彼女に見せたいんだ。
心の中のマサル１　見せたい気持ちは僕も同じ。でも、どうやって彼女に声をかけるの？
心の中のマサル６　「お嬢さん、私いいものを持っているんですけど、ちょっとのぞいてみませんか」
心の中のマサル１　それ、怪しすぎるよ。まるで誘拐犯だ。
心の中のマサル２　誘拐犯というより、変態だな。
心の中のマサル５・６　変態！
心の中のマサル２　そんなふうに思われてもいいのか？
心の中のマサル５　僕は……困る。
心の中のマサル１　だよね。
心の中のマサル６　俺は大丈夫だ！
心の中のマサル達　えー。
心の中のマサル３　それより、彼女、日本語わからないんじゃない。
心の中のマサル４　なんか不思議な言葉、しゃべってたよね。
心の中のマサル１　簡単な英語ならわかるんじゃないかな。
心の中のマサル５　それじゃためしに英語で話しかけてみるか。
心の中のマサル３　どうやって話しかけるの？
心の中のマサル５　（気取って）Hello, everyone.
心の中のマサル３　一人に対して everyone はおかしいでしょ。
心の中のマサル６　まずは（気取って）Nice to meet you.じゃないか。

その時、隣の家の少女がマサルに向かって歩いてくる。マサルはその少女が自分の後ろにいることに気がつかない。

少女　What's up?

マサルが振り返ると、後ろに隣の家の少女が立っている。

マサル&心の中のマサル達　えー?!
心の中のマサル３　What's up? って英語だよね。
心の中のマサル４　「どうしたの」って意味じゃない。
心の中のマサル３　彼女のほうから話しかけてきたってことだよね。
心の中のマサル４　どうしよう！
心の中のマサル６　今がチャンス。

心の中のマサル達　いけ、いくんだ！
マサル　May I have your name?
心の中のマサル２　おい、突然名前を聞いてどうするんだ。
マサル　……
少女　……Masha.
心の中のマサル達　えっ?!
マサル　マーシャ？
マーシャ　Yes. And you?
マサル　……マサル。
マーシャ　Oh, マシャル。
マサル　No. マサル。
マーシャ　マシャル！
心の中のマサル２　マシャルじゃない、マサルだ！
心の中のマサル１　マサルだってマシャルだって、どっちでもいいじゃないか。

マサル　（ニコッと笑って）Yes. マシャル。
マーシャ　You, マシャル。Me, マーシャ。Similar！
心の中のマサル１　Similarって似てるって意味だよね。
マサル　うん、似てるね。あー、（タブレットの画面をマーシャに見せて）I made this game.
マーシャ　You made this game?
マサル　Yes. I want you to watch this game.
心の中のマサル１　君にこのゲームを見せたいって言ったつもりなんだけど。
マーシャ　You'd like me to watch it?
マサル　Yes.
マーシャ　……OK.
心の中のマサル達　よっしゃー！

マーシャが『KAMUI, Hero in the Dark』を見始める。

心の中のマサル１　決めた！

心の中のマサル2　何を決めたんだ？
心の中のマサル1　僕がヒーローになってマーシャを守る。
心の中のマサル達　おー！
心の中のマサル2　待て！
心の中のマサル達　……
心の中のマサル2　マーシャを守るのは、俺だ！
心の中のマサル達　えー！
心の中のマサル2　おまえじゃ、ヒロインを守り切れない。本当にヒロインを守れるのは、俺だ。俺には、最強の武器がある。

マーシャがタブレットをマサルに渡す。

心の中のマサル1　どうだった？
心の中のマサル達　どうだった？
マーシャ　（ニコッと笑って）I like it.
マサル　You like it?
マーシャ　Yes!
心の中のマサル全員　よっしゃー！
マーシャ　（タブレットの画面を指して）This girl looks like me.
心の中のマサル1　この女の子が自分に似てるって？
マサル　Of course! Her model is YOU!
マーシャ　Me? Model?
マサル　Yes!
マーシャ　I'm surprised!
心の中のマサル1　確かに、びっくりするよね。
マサル　ごめんね、勝手にモデルにして。これにはわけがあって……
マーシャ　Thank you.
マサル　えっ？（心の中のマサル達も驚く）
マーシャ　（ポケットから何かを取り出す）Here's a present. A present for you.
マサル　僕へのプレゼント？
心の中のマサル1　プレゼントって、
心の中のマサル達　何？

マーシャは一粒の種をマサルに渡す。

マサル　種……これって何の種？
マーシャ　……（キョトンとした顔でマサルを見つめる）
心の中のマサル2　日本語は通じねーよ。
マサル　あー、What kind of seed is this?
マーシャ　（笑いながら）It's a secret.
マサル　秘密？
心の中のマサル2　花が咲くまでのお楽しみってことじゃねーのか。
マサル　まっいっか。
心の中のマサル2　それはそうと、マーシャに好きなヒーローがいるか、聞いてみないか。
マサル　あー、Do you have a favorite hero?
マーシャ　My favorite hero?　……Yes.
心の中のマサル6　いるんだ！
マサル　Who?
マーシャ　……アンパンマン。
マサル　アンパンマン?!（心の中のマサル達も「アンパンマン」と言って驚く）
マーシャ　I like his march.
マサル　His marchって……あー、『アンパンマンのマーチ』のこと？
マーシャ　Yes.『アンパンマンのマーチ』
マサル　Why do you like アンパンマン?
マーシャ　……He doesn't kill anyone.
マサル　He doesn't kill anyone.
心の中のマサル1　アンパンマンは誰も殺さない……
心の中のマサル2　違う。アンパンマンはヒーローなんかじゃない。アンパンマンが繰り出すアンパンチじゃ敵を倒すことなんてできない。
マーシャ　Oh, sorry. I have to go now.

心の中のマサル2　待て！　マーシャ。君はわかってない。優しさだけじゃ敵と戦えないんだ。みんなの夢なんて守れないんだ。

マーシャ　See you again, Bye.

マサル　……Bye.

マーシャが去っていく。

マサル　夏の終わりにマーシャは遠い遠い彼女の国に帰っていった。そして、翌年の二月、その国が戦場となったんだ。

5 アンパンマンのマーチ

爆撃の音が聞こえてくる。マサルはその爆撃の音を聞きながら宙を見つめている。爆撃の音が響く中、マーシャがタブレットを持って登場して、地面に座る。

心の中のマサル1　マーシャ。君は雨が好きだった。雨の中で歌ってた。

心の中のマサル3　空から降ってくる雨粒と一緒に歌ってた。

心の中のマサル4　でも、今空から降ってくるのは爆弾の雨。

爆撃の音が大きくなる。

心の中のマサル1　マーシャ。そんな今も歌ってるの？　爆弾の雨の中でも歌ってるの？

心の中のマサル6　何かできないのか、俺達に。

心の中のマサル2　戦場に行って戦おう！　戦場という闇で戦うのが俺達ヒーローの役目だ。

心の中のマサル1　どうやって戦場に行くの？　どうやって戦うの？

心の中のマサル2　武器には武器を。俺には最強の武器がある。

爆撃音が大きくなる。マーシャがタブレットを見つめ、悲しみの涙を流しながら、タブレットに語りかけるように歌い始める。

マーシャ　♪そうだ　うれしいんだ　生きるよろこび
たとえ　胸の傷がいたんでも♪

マサル　聞こえる。マーシャの歌声が。マーシャ、君は歌ってるの？　爆弾の雨の中でも歌ってるの？
心の中のマサル１　届けよう。
心の中のマサル２　届けるって、何を？
心の中のマサル１　歌だよ。
心の中のマサル２　歌?!　何を歌うっていうんだ。
心の中のマサル１　『アンパンマンのマーチ』
心の中のマサル２　……いやだ！
心の中のマサル１　……
心の中のマサル２　俺はアンパンマンが、嫌いだ。
心の中のマサル１　でも、マーシャは好きなんだよ！　誰も殺すことなく戦うアンパンマンが！
心の中のマサル２　……
マサル　歌なら届けられる。（タブレットを両手で握りしめて）こいつを使えばいいんだ。こいつを使えば歌をマーシャの国まで届けられる。

マサルは猛烈な勢いでタブレットを操作する。

心の中のマサル１　ＯＫ！　最初に歌うのは僕だね。

心の中のマサル１は、全身のエネルギーを注入して、ゆっくり歌詞をかみしめるように歌い始める。

♪そうだ　うれしいんだ　生きるよろこび
たとえ　胸の傷がいたんでも♪

心の中のマサルの一人が、歌に加わる。

♪そうだ　うれしいんだ　生きるよろこび♪

心の中のマサルの一人が、更に歌に加わる。

♪たとえ　胸の傷がいたんでも♪

心の中のマサルの一人が、更に歌に加わる。

♪そうだ　うれしいんだ　生きるよろこび♪

心の中のマサルの一人が、更に歌に加わる。

♪たとえ　胸の傷がいたんでも♪

心の中のマサル2だけ歌に加わらず、みんなに背を向けて立っている。マサルの心の中に、新たな心の中のマサルも参加し、歌は大合唱となる。

♪そうだ　うれしいんだ　生きるよろこび
たとえ　胸の傷がいたんでも♪

心の中のマサル達　♪なんのために生まれて
なにをして　生きるのか
こたえられないなんて　そんなのは♪

心の中のマサル2　（叫んで）いやだ！

みんなが一斉に、心の中のマサル2を見る。

心の中のマサル2　（こぶしを握り締めてうめくように）……アンパンマンはいやだけど、アンパンマンがいやな俺は、もっといやだ！

心の中のマサル達が心の中のマサル2を囲んで、爽やかに笑い合う。心の中のマサル1と心の中のマサル2が続きを歌っていく。

心の中のマサル1　♪今を生きることで♪

心の中のマサル2　♪熱い　こころ　燃える♪

心の中のマサル1・2　（ハモって）♪だから　君は　いくんだ　ほほえんで♪

マサルと心の中のマサル全員が歌に参加する。この歌声の途中でマーシャはタブレットを見つめ始める。

♪そうだ　うれしいんだ　生きるよろこび
たとえ　胸の傷がいたんでも
ああ　アンパンマン　やさしい　君は
いけ！　みんなの夢　まもるため♪

マーシャ　聞こえる。『アンパンマンのマーチ』が聞こえる。マシャルなの？　マシャルが日本から私に歌を届けてくれてるの？　生きたい。もっともっと生きていたい。そして、マシャルに会いに行きたい。いきたいよー。

マサル　マーシャが使った言葉は、日本語でも英語でもない言葉だった。でも、僕の心にはそう響いてきたんだ。※4

爆撃の音が響き渡る。

心の中のマサル2　さあ、もう一丁いこうぜ！

心の中のマサル全員　(それぞれがそれぞれの個性で反応する)

心の中のマサル2　せーの！

マサルと心の中のマサル全員の歌声で

♪そうだ　うれしいんだ　生きるよろこび
たとえ　胸の傷がいたんでも
ああ　アンパンマン　やさしい　君は
いけ！　みんなの夢　まもるため**♪**

歌にマーシャも加わる。歌は更に勢いを増す。

♪そうだ　うれしいんだ　生きるよろこび
たとえ　胸の傷がいたんでも
ああ　アンパンマン　やさしい　君は(フェルマータ)**♪**

マサルとマーシャが、二人だけで歌う。

マサル&マーシャ　**♪**いけ！　みんなの夢　まもるため**♪**

いつの間にか爆撃の音がなくなっている。

マサル　爆撃の音が聞こえない。勝ったんだ……歌が、爆撃に勝ったんだ！

マサルとマーシャが手を取り合う。心の中のマサル達が歓喜の声をあげて喜び合う。マサルとマーシャの横に心の中のマサルが集まってくる。ナレーターが登場する。**※5**

6 エピローグ

ナレーター1　この箱から飛び出した蝶の姿をした物語が、ここに戻ってきました。

ナレーター2　この蝶の姿をした物語から何か感じていただけましたか。

ナレーター3　現実はそんなに甘くはない！　……確かにそうかもしれません。

ナレーター1　でも、物語の世界くらい、甘くちゃだめですか。甘い未来を思い浮かべちゃだめですか。

マサル　マーシャがくれた種がこの夏に花を咲かせました。その花はヒマワリでした。

ナレーターがヒマワリを手渡していく。登場人物全員がヒマワリを持つ。

ナレーター2　そのヒマワリの周りを蝶が飛んでいます。

ナレーター3　その蝶の羽ばたきが波紋のように伝わって、遠く遥かなマーシャの国に、虹がかかるなんていうことがあるでしょうか。

ナレーター1　大地いっぱいに広がる数えきれないほどのヒマワリの上に、大きな大きな虹がかかるんです。

ナレーター2　もし、そんなことが起こりうるなら、私達中学生だって……

全員　私達中学生だって……

ナレーター3　私達が歌うことで、どこかで行われている戦争が……

全員　どこかで行われている戦争が……

全員が合唱隊形に移動する。※6

7 ふるさと

♪うさぎ追いし　かの山
こぶな釣りし　かの川
夢は今も　めぐりて
忘れがたき　ふるさと

いかにいます　ちちはは
つつがなしや　友がき
雨に風に　つけても
思い出ずる　ふるさと

こころざしを　はたして
いつの日にか　帰らん
山は青き　ふるさと
水は清き　ふるさと♪

空に大きな虹がかかる。ナレーター1が静かに箱のふたを閉じる。

――幕――

■注■

※1　人数が足りない場合は、ナレーター＝コーラス隊とすることも可能です。また、劇の中に合唱を組み込まない選択も可能です。

※2　私達が上演した際には、『いつも何度でも』、または『やさしさに包まれたなら』を選曲しました。今回のナレーションは『いつも何度でも』を歌った際に使ったものです。『やさしさに包まれたなら』を選択したときは、「ほら、箱の中から蝶が飛び立ちました。この蝶の羽ばたきから、私達のメッセージを受け取ってください」というナレーションを使用しました。いずれの場合も、二部または三部合唱で歌いました。歌はこの二曲以外を選曲することも可能ですが、この二曲は歌詞がドラマのイメージと重なります。また合唱の楽譜が手に入りやすいというメリットがあります。

合唱を入れることが困難な場合は、歌をカットして、次の場面に移ることも可能です。

※3　合唱を入れない場合は、ここでマサルと心の中のマサル達が登場します。または、最初からマサルと心の中のマサルが舞台上に登場していて、静止しているという演出も可能です。

心の中のマサルをナレーターやコーラス隊が兼ねることが可能です。

※4　マーシャをウクライナの方が演じる場合は、次のマーシャの台詞（180ページ下段）をウクライナ語に訳して演じてもらう必要があります。

マーシャ　（ウクライナ語で）聞こえる。『アンパンマンのマーチ』が聞こえる。マシャルなの？　マシャルが日本から私に歌を届けてくれてるの？　生きたい。もっともっと生きていたい。そして、マシャルに会いに行きたい。いきたいよー。

更に、次に続くマサルの台詞が以下になります。

マサル　マーシャが使った言葉は、日本語でも英語でもない言葉だった。でも、僕の心にはこんなふうに聞こえてきた。「聞こえる。『アンパンマンのマーチ』が聞こえる。マシャルなの？　マシャルが日本から私に歌を届けてくれてるの？　生きたい　もっともっと生きていたい。そして、マシャルに会いに行きたい。いきたいよー」

※5　ナレーターは、心の中のマサル達が演じるという演出も可能です。

※6　歌はなくても劇は成立します。

もしウクライナの中学生と日本の中学生の共演という形で劇が上演できるなら、最後の『ふるさと』は日本語とウクライナ語、両方の国の言葉で歌うことが望ましいと思っています。一番を日本語、二番をウクライナ語で歌うというのはどうでしょう（ネットにウクライナ語の『ふるさと』がアップされています。許可を取り、それを使用させてもらうことで可能になると思います）。その場合も互いに相手の国の言葉を学び合い、全員が両方の国の言葉で歌うのが、望ましい方向性だと思います。

作者からのメッセージ　～戦争のない世界を願って～

この劇の中にはウクライナという国名は一度も使われませんが、登場人物のマーシャは明らかにウクライナの少女をイメージしています。映画『ひまわり』に登場するウクライナの女性からいただいた名前です。

　この物語の主人公は、日本の少年・マサルとウクライナの少女・マーシャです。二人は、互いにとっての第二外国語である英語を使ってコミュニケーションをとります。国際的な英語力の調査結果で、ウクライナ人の英語力は日本人より上という結果が出ていました。できることならば、マーシャ役をウクライナ語を話すことができる人に演じてもらうというチャレンジをしてください。ただし、その場合、マーシャ役を演じる人に、爆撃シーンが入ることをしっかり伝える必要があります。上演する前は大丈夫だと思っていても、突然悲しみに襲われるというようなことも起きるでしょう。上演に際しては、その点を十分気にかける必要があります。上演のメリットとともに、デメリットも充分考慮した上で上演していただきたいです。

　ウクライナの人達に、日本の文化や芸術に触れてもらうことはとても有意義なことだと思います。同時に、日本人が、ウクライナの文化や芸術に触れることもとても有意義なことだと思います。全国各地で、そんな取り組みが行われています。しかし、多くの人は、戦争のことを話題にしなくなっています。

　ウクライナの方がテレビ番組で「忘れないでほしい」と訴えていました。しかし、「忘れない」ということは簡単ではありません。ただ、もし一緒に劇を創ることができたらどうでしょう。日本の中学生とウクライナの中学生が協力して一つの劇を上演することができたら、一生忘れることのできない体験となるのではないでしょうか。それだけでなく、力強い平和へのメッセージを発信することになるのではないでしょうか。もしかしたら、大人が発する以上のインパクトを持つかもしれません。劇のラストでナレーターが訴えるように、中学生が平和な世界を作るために大きな役割を演じられるかもしれません。

私は、今行われている戦争が終わることを、心から願うだけではなく、何かできればいいと思い『バタフライ』を創り、上演しています。

SHO《ショウ》-GEKI《ゲキ》 作品集

【小劇 & Show劇 & 笑劇 & 衝撃】

1 学校の怪談❶『恐怖のバレンタイン・予告編』

■登場人物

ナレーター1・2
小山田花子……太郎のことを好きな中学生
浦島田太郎……花子のことを好きな中学生
真行寺摩耶……太郎のことを好きな中学生

★★★★

ナレーター1 これから私達が紹介するのは学校の怪談。
ナレーター2 その題名は、
ナレーター1 『恐怖のバレンタイン』
ナレーター2 今日はその予告編を紹介いたします。
ナレーター1 それではまいりましょう。
ナレーター1・2 『恐怖のバレンタイン・予告編』
全員 （おどろおどろしく）『恐怖のバレンタイン』
ナレーター1 これは七つ森中学校を舞台にした、愛のドラマである。
ナレーター2 今日は、二月十四日・バレンタインデー。
ナレーター1 小山田花子は、大好きな浦島田太郎に手作りのチョコをプレゼントした。
花子 太郎君。これ受け取って。
太郎 バレンタインデーのチョコレートを僕に。ありがとう、花子。
ナレーター1 昨夜、花子が寝ないで作った甘い、甘いチョコレート。
ナレーター2 その甘いチョコレートが太郎の舌にとけ込んでいった。
ナレーター1 そのとき！
太郎 （呻き声）
全員 『恐怖のバレンタイン』
花子 太郎君。どうしたの？
太郎 は、鼻血が……

ナレーター1　花子がチョコレートを作ったのは十三日の金曜日。
ナレーター2　そう、花子のチョコレートには、太郎を愛するもう一人の少女・真行寺摩耶の呪いがかけられていたのだ。
真行寺　（笑い声）太郎君は私のもの。渡さない。花子になんかに絶対渡さないわ。
太郎　（呻き声）どうしたんだ、鼻血が、鼻血が止まらない。
花子　太郎君。しっかり、しっかりして。
全員　『恐怖のバレンタイン』
ナレーター1　摩耶の呪いは解けるのか！
ナレーター2　太郎の鼻血は止まるのか！
ナレーター1　そして、花子と太郎の愛の行方は！
全員　『恐怖のバレンタイン』
ナレーター1・2　Coming soon!

2　学校の怪談❷『山姥の微笑み』

■登場人物
ナレーター1・2
小山田花子　……太郎のことを好きな中学生
浦島田太郎　……花子のことを好きな中学生
山姥　……美術室に飾られている山姥の彫刻
彫刻

★★★★

美術室の中には複数の彫刻が飾られている(役者が彫刻作品をイメージしたポーズをとって、美術室の中で静止している)。美術室の中央には三体の山姥の彫刻が置かれている(役者が山姥をイメージしたポーズをとって、静止している)。

ナレーター1　これから私達が紹介するのは「学校の怪談」。
ナレーター2　その題名は、
ナレーター1・2　『山姥の微笑み』
ナレーター1　主人公は浦島田太郎と小山田花子。二人は、最近、学校に広まっているある噂について調べていた。

ナレーター1　その、ある噂とは。
ナレーター2　夜になると、美術室の彫刻が動き出す。
ナレーター1　その噂の真実を確かめるため、二人は、夜、誰もいない学校に忍び込んだのだ。

小山田花子と浦島田太郎が、懐中電灯を照らして美術室に入ってくる。
雷。そして停電。花子は恐ろしさに座り込んでしまう。

太郎　停電だ。
花子　太郎くん。私、雷が嫌いなの。恐くて、歩けない。
太郎　花子さん。さっ、僕の手をしっかり握って。
花子　太郎くんの手を握るなんて、私、恥ずかしいわ。
太郎　大丈夫。誰も見てないよ。
花子　彫刻が見ている気がするの。
太郎　花子さん。君もあの噂を信じているのか？　彫刻が生きているはずないじゃないか。
花子　でも……
太郎　さあ、僕の手をしっかり握って。

花子が太郎の手を握ろうとした瞬間、落雷。雷鳴が響く中、彫刻が動き出す。それを目撃した花子は、思わず悲鳴を上げて立ち上がり、太郎を突き飛ばす。太郎が叫び声を上げて倒れる。太郎は彫刻が動いたことに気づいていない。

太郎　花子さん。いったいどうしたんだ。
花子　彫刻が動いたの。
太郎　それは、稲妻が創り出した幻だよ。
花子　でも確かに動いたの。見て、この彫刻。まるで生きてるみたい。

花子が、美術室中央にある彫刻作品を懐中電灯で照らす。

太郎　その彫刻の名前は『山姥の微笑み』。
花子　『山姥の微笑み』?!　不気味な題ね。
太郎　作者ははじめ『マドンナの微笑み』という作品を創ってたんだ。でも、できあがった作品はどう見てもマドンナには見えなくて、後で『山姥の微笑み』と名前を変えたんだって。
山姥達　ふふふふ。
花子　太郎くん。変な声で笑わないで。
太郎　僕は笑ってない。笑ったのは花子さんじゃないの？
花子　私があんな変な声で笑うはずないじゃない。
山姥達　ふふふふ。

落雷。雷鳴が響く中、彫刻が動き出す。花子は悲鳴を上げて、再び太郎を突き飛ばす。

山姥達 ふふふふふ。ふふふふふふ。

太郎 山姥が、山姥が笑ってる！

山姥達 縄がいいかい？　それともナスがいいかい？

太郎 怪談でよくあるやつだ。「赤いマントがほしいか、青いマントがほしいか」。赤だとナイフで刺され血だらけになって死ぬ。青だと体中の血を吸い取られ真っ青になって死ぬ。

花子 どっちを答えても死んじゃうなんて詐欺だわ。

山姥達 縄がいいかい？　それともナスがいいかい？

太郎 縄だと縄で首を絞められる。ナスだと。……いったい何をされるんだ？　想像もつかない。いったいどっちを選んだらいいんだー。

花子 縄！

太郎 花子さん。なんで縄を選んだんだ?!

花子 私、ナスが嫌いなの。

山姥達 そうかい。縄がいいのかい。

山姥達は、そう言って縄跳びを取り出す。

山姥達 ふふふふふ。ふふふふふ。覚悟はいいかい。

山姥達が笑いながら縄跳びを始める。はじめは普通跳び。

太郎 いったいなんなんだ！

山姥達は二重跳びを始める。

花子 二重跳びだわ！

中央の山姥が綾二重を始める（※できれば三重跳びがいい）。

太郎 ウオー。綾二重だ（※ウオー。三重跳びだ）！

花子 幻想的。

綾二重（※三重跳び）を跳び終えた後、すべての彫刻が一斉に縄跳びを始める。

ナレーター1　美術室の暗闇の中、

ナレーター2　いつまでもいつまでも縄跳びの音が響くのであった。

3　学校の怪談❸『コナキジジイとスナカケババア・その青春の日々』

■登場人物

ナレーター1・2

浦島田太郎【コナキジジイ……十五歳のコナキジジイ】

……演劇部部員（二年生）

小山田花子【スナカケババア……十三歳のスナカケババア】

……演劇部部員（二年生）

大岩倉之助　……演出担当（三年生）

笹渡満梨音《まりね》　……音響担当

★★★★★

ナレーター1　これから私達が紹介するのは、ある演劇部で本当にあったこわーい話。

ナレーター2　演劇部が取り組んでいるのは、『ロミオとジュリエット』をもとに創ったラブストーリー。

ナレーター1　主人公は、十五歳のコナキジジイと十三歳のスナカケババア。

ナレーター2　青春の真っ只中にいる若い二人を演じるのは、浦島田太郎と小山田花子。

ナレーター1　涙、涙で綴られるラブストーリーのタイトルは、

ナレーター2　『コナキジジイとスナカケババア・その青春の日々』

倉之助　よーし、それじゃ三十五ページからいくよ。準備いいか？

部員達　はい。

倉之助　満梨音《まりね》。音楽、かけて。

満梨音　わかりました。

　陰鬱でけだるい音楽が流れる。コナキジジイ【太郎】とスナカケババア【花子】が登場する。

倉之助　アクション、スタート。

陰鬱でけだるい演技が始まる。

ナレーター1　舞台は夕日を浴びて輝く海。
ナレーター2　若い男女のシルエットが浮かび上がる。
ナレーター1　若き日のコナキジジイとスナカケババア。
ナレーター2　コナキジジイ十五歳。
ナレーター1　スナカケババア十三歳。
ナレーター2　二人は青春の真っ只中にいた。

コナキジジイ【太郎】　スナカケババア。
スナカケババア【花子】　なに、コナキジジイ。
コナキジジイ【太郎】　見てごらん、美しい海だ。
スナカケババア【花子】　ほんと。
コナキジジイ【太郎】　海からの潮風、子守り歌のような潮騒。
スナカケババア【花子】　世界は私達二人のためにあるのね。
コナキジジイ【太郎】　スナカケババア。
スナカケババア【花子】　なに、コナキジジイ。
コナキジジイ【太郎】　海に夕日が沈んでいく。
スナカケババア【花子】　なんてきれいな夕日なの。
倉之助　ストップ！　満梨音。もっと、二人の愛情をロマンチックに表現する曲ってないかな。
満梨音　そうくると思って、ロマンチックな曲、準備してあります。
倉之助　それじゃ、その音楽、かけてくれ。
満梨音　わかりました。

ロマンチックな音楽がかかる。

倉之助　アクション、スタート。

ロマンチックな演技が始まる。

ナレーター1　舞台は夕日を浴びて輝く海。
ナレーター2　若い男女のシルエットが浮かび上がる。
ナレーター1　若き日のコナキジジイとスナカケババア。
ナレーター2　コナキジジイ十五歳。
ナレーター1　スナカケババア十三歳。
ナレーター2　二人は青春の真っ只中にいた。

コナキジジイ【太郎】　スナカケババア。
スナカケババア【花子】　なに、コナキジジイ。
コナキジジイ【太郎】　見てごらん、美しい海だ。

スナカケババア【花子】　ほんと。
コナキジジイ【太郎】　海からの潮風、子守り歌のような潮騒。
スナカケババア【花子】　世界は私達二人のためにあるのね。
コナキジジイ【太郎】　スナカケババア。
スナカケババア【花子】　なに、コナキジジイ。
コナキジジイ【太郎】　海に夕日が沈んでいく。
スナカケババア【花子】　なんてきれいな夕日なの。
ナレーター1　夕日が若い二人をオレンジ色に染めた。
倉之助　オーケー。そのまま続けて。
ナレーター2　炎と燃えるコナキの瞳。
ナレーター1　砂に溶け込むスナカケの涙。
ナレーター2　見詰め合う目と目の輝き。
コナキジジイ【太郎】　スナカケババア！
スナカケババア【花子】　コナキジジイ！
ナレーター1　真っ赤に燃える二人の愛！

コナキジジイ【太郎】とスナカケババア【花子】がスローモーションで近づいていく。途中でスナカケババア【花子】が転ぶが、すぐ立ち上がって握った砂を撒き散らす。二人は舞台中央で手を握り合う。

倉之助　オッケー。二人ともいい演技だった。
太郎・花子　ありがとうございます。
倉之助　満梨音。本番、この曲でいこう。
満梨音　わかりました。
演出　今日はここまで。解散。

みんなが「お疲れ様でした」と言って帰っていく。倉之助はその場に残る。その時、コナキジジイ役の太郎とスナカケババア役の花子が登場する。

太郎・花子　準備できました。
演出　何の準備ができたんだ？
花子　倉之助先輩、何言ってるんですか。『コナキジジイとスナカケババア・その青春の日々』です。
太郎　ちょっと準備に手間取っちゃって。
演出　二人とも、今来たのか？
太郎・花子　はい。
演出　それじゃ、今ここで演じていたのは、いったい誰なんだ?!

全員　じゃんじゃん。

4 ヒーローシリーズ❶『バルタン星人からの果たし状』

■登場人物

ナレーター1・2

セリナズーナL……M七八星雲からやってきたヒーロー。

セリナズーナS……薬を飲まされて幼児化してしまった現在のセリナズーナ。

バルタン星人……地球侵略を企み、オニと手を結んだ宇宙人。

★★★★

ナレーター1・2、セリナズーナL、セリナズーナSが舞台に登場する。セリナズーナSが椅子に座り、セリナズーナLはその後ろに立つ。

ナレーター1　(セリナズーナLを指して)　セリナズーナ。それが彼女の名前です。

ナレーター2　彼女の故郷は、ウルトラマンと同じM七八星雲。

ナレーター1　ヒーロー養成学校で成績優秀だった彼女は、ヒーローとして地球にやってきました。

ナレーター2　しかし、彼女は今……

ナレーター1・2が退場する。

セリナズーナL　(セリナズーナSを指して)これが今の私。

セリナズーナS　私は、謎の二人組に薬を飲まされたの。そして、私の体は名探偵コナンのように幼児化してしまった。私は今、小学生を演じてるの。

セリナズーナL　かつての私は、心の声として、こうやって彼女の頭の中に存在している。

セリナズーナS　ある日、そんな私に果たし状が届いたの。

セリナズーナSが封筒を取り出す。バルタン星人が登場する(頭にバルタン星人の絵をつけている)。セリナズーナLが務める。セリナズーナSの心の声は、後ろに立っているセリナズーナSが封筒から果たし状を取り出し、読み始める。

セリナズーナS　果たし状。
バルタン星人　セリナズーナ、俺が誰だかわかるか。
セリナズーナL　いったい誰なんだ？
バルタン星人　俺はバルタン星人。
セリナズーナL　バルタン星人?!
バルタン星人　そう、バルタン星人だ。俺は、オニと手を結ぶことにした。
セリナズーナL　オニと一緒に戦うというのか。
バルタン星人　セリナズーナ、お前は子どもの体になってしまったようだな（笑）［かっこ・わらい］。ということは、頭の中も子どもになってしまったのかな、セリナズーナ。
セリナズーナL　小さくなっても頭脳は同じだ！
バルタン星人　お前の声が聞こえてくる。「小さくなっても頭脳は同じだ！」。確かに頭脳は同じかもしれない。けどパワーは同じじゃないだろう。同じパワーでないお前などバルタン星人の敵ではない。さあどうする、セリナズーナ。
ナレーター1　もしも！
ナレーター2　バルタン星人の果たし状が入力ミスだらけだったら。

セリナズーナS　果たし状。
バルタン星人　セリナズーナ、俺が誰だかわかるか。
セリナズーナL　いったい誰なんだ？
バルタン星人　俺はバルタソ星人。
セリナズーナL　バルタソ星人？
バルタン星人　そう、バルタソ星人だ。
セリナズーナL　片仮名を間違えるな、バルタン星人！
バルタン星人　俺は、ウニと手を結ぶことにした。
セリナズーナL　ウニと一緒に戦うというのか、バルタン星人。
バルタン星人　セリナズーナ、お前は子どもの体になってしまったようだな（新井）［かっこ・あらい］。
セリナズーナL　新井って誰？
バルタン星人　ということは、頭の中も子どもになってしまったのかな、セリナズーナ。
セリナズーナL　小さくなっても頭脳は同じだ！
バルタン星人　お前の声が聞こえてくる。「小さくなっても頭脳はおやじだ！」。
セリナズーナL　おやじじゃない！
バルタン星人　確かに頭脳はおやじかもしれない。
セリナズーナL　おやじじゃない！
バルタン星人　けど、パワーはおやじじゃないだろう。

セリナズーナL　おやじのわけがない。
バルタン星人　おやじパワーでないお前など、バルタソ星人の敵ではない。
セリナズーナL　おやじパワーって何？
バルタン星人　さあどうする、セリナズーナ。

5 ヒーローシリーズ❷『美女と野菜』

■登場人物　【　】内は役名
ナレーター1・2
セーラームーミン　……M七八星雲のヒーロー養成学校の教師
スズナ【ゴメス】……ヒーロー養成学校の生徒
ヤマブキ【ギャオス】……ヒーロー養成学校の生徒
シオン【バルタン星人】……ヒーロー養成学校の生徒
スズシロウ【野菜王子】……ヒーロー養成学校の生徒

★★★★

ヒーロー養成学校の生徒達が教室で勉強している。

ナレーター1　ここはウルトラマンの故郷・M七八星雲のヒーロー養成学校です。
ナレーター2　ヒーローの卵達が、地球で活躍するための勉強をしています。
ナレーター1　これからこの教室で始まるのは、演劇の授業。
ナレーター2　担当する先生は、美少女戦士として活躍したセーラームーミン先生です。
ナレーター1　それでは、その授業をのぞいてみましょう。

先生が登場する。

スズナ　セーラームーミン先生。おはようございます。
生徒達　おはようございます。
セーラームーミン　おはようございます。さて、今日は日本の中学生の特徴を劇を通して学んでもらいます。みんなにやってもらう劇は、『美女と野菜』。
生徒達　『美女と野菜』?!
スズナ　『美女と野菜』って、どんな劇なんですか？
セーラームーミン　美女と魔法で野菜に変えられた王子様のドラマよ。今から皆さんにその台本を配ります。

先生が生徒達に台本を配布する。

セーラームーミン　配役は決めてあるから自分の名前を確認してね。今日は、五ページのゴメスの台詞からやってみましょう。

スズナ　ゴメスって誰ですか？

セーラームーミン　ゴメスは美女よ。

生徒達　えー！

セーラームーミン　ストップ。「えー」のタイミングが早い。日本の中学生は、こんな時、三つ数えた後「えー」って言うの。私達がヒーローであることがばれないために、中学生らしく演じて。

生徒達　はい。

セーラームーミン　それじゃ、みんなで練習してみましょう。

みんなが「えー」と言う準備をする。

セーラームーミン　ゴメスは美女よ。

生徒達　（小さい声で一・二・三と数えて）えー。

セーラームーミン　そう、そのタイミング。これからやるのは、ゴメスが親友・ギャオスの前で、写真を隠すシーン。それでは、ギャオスの台詞から。

ゴメス【スズナ】が写真を隠す。

ギャオス【ヤマブキ】　ゴメス。今何を隠したの？

ゴメス【スズナ】　それは秘密。

セーラームーミン　ストップ。「秘密」の言い方がだめ。日本の中学生は、こんな時、「ひ・み・つ」と区切って言うの。人差し指を立てて、からだを揺らしながら言えば効果絶大。まず、私が見本を見せるわね。「それは・ひ・み・つ」。次はみなさんの番よ。はい、やってみて。

生徒達　それは、ひ・み・つ。

セーラームーミン　いい感じね。それでは、ギャオスの台詞からもう一度。

ゴメス【スズナ】が写真を隠す。

ギャオス【ヤマブキ】　ゴメス。今何を隠したの？

ゴメス【スズナ】　それは、み・み・ず。

セーラームーミン　ストップ！　スズナ。あなた、みみずを隠したの？
スズナ　みみずって言いましたか？
セーラームーミン　発音に気をつけないと大変なことになるわよ。まあいいでしょう。ギャオスの台詞からもう一度。

ゴメス【スズナ】が写真を隠す。

ギャオス【ヤマブキ】　ゴメス。今何を隠したの？
ゴメス【スズナ】　それは、ひ・み・つ。
ギャオス【ヤマブキ】　見せてよ。
ゴメス【スズナ】　仕方ないわね。はい。（と言って、写真を見せる）
ギャオス【ヤマブキ】　誰、この人？
ゴメス【スズナ】　私が結婚する西洋の王子様。
ギャオス【ヤマブキ】　イギリス人？　それともフランス人？
ゴメス【スズナ】　王子様は「ニンジ」っていう国に住んでいるの。
ギャオス【ヤマブキ】　「ニンジ」？　ってことは……
ゴメス【スズナ】　ニンジン！
ギャオス【ヤマブキ】　王子様ってニンジンなの?!
ゴメス【スズナ】　名前はハクサイ。
ギャオス【ヤマブキ】　（小さい声で一・二・三と数えて）えー。
セーラームーミン　そう、そのタイミング。次はバルタン星人の登場ね。

バルタン星人【シオン】が登場して、ゴメスを押さえつける。

セーラームーミン　はい、そこでゴメスが叫ぶ。
ゴメス【スズナ】　助けてー。
セーラームーミン　その声を聞いて、畑の中から野菜王子が現れる。

野菜王子【スズシロウ】が現れる。

野菜王子【スズシロウ】　王子は、くさい野菜だ！
セーラームーミン　ストップ。

みんなが動きを止める。

セーラームーミン　スズシロウ。自分のことをくさい野菜なんて言っちゃだめ。文の切り方が違うの。そこはこう読んで。「王子・ハクサイ・野菜だ！」。王子は臭い野菜じゃない。魔法でハクサイに変えられた、野菜王子なの。野菜王子の台詞からもう一度。

野菜王子【スズシロウ】　王子、ハクサイ、野菜だ！

バルタン星人【シオン】　ファファファファファ。ハクサイ。ゴメスは俺が預かった。もし、ゴメスを助けたければ、鬼ヶ島まで来るんだ。

野菜王子【スズシロウ】　鬼ヶ島だって。

バルタン星人【シオン】　俺は、オニと手を結んだんだ。

野菜王子【スズシロウ】　バルタン星人。私はオニを退治しない。退治する代わりに大事にする。

バルタン星人【シオン】　なんだと？

野菜王子【スズシロウ】　M七八星雲伝説のヒーロー桃太郎はオニを退治した。しかし、その結果、オニと人間の復讐合戦が始まった。だから、私はオニを大事にする。来年のことを話して、オニを笑わせる。笑いがオニと人間の架け橋になるんだ。

バルタン星人【シオン】　来年のこと？　それっていったい？

野菜王子【スズシロウ】　それは。

バルタン星人【シオン】　それは？

野菜王子【スズシロウ】　ひ・み・つ。

セーラームーミン　はい、そこまで。

スズナ　先生。この後どうなるんですか？

セーラームーミン　それは、ひ・み・つ。

生徒達　（小さい声で一・二・三と数えて）えー。

6　ヒーローシリーズ❸『不思議の森のハヤト』

■登場人物　**【　】**内は役名

ナレーター1・2

セーラームーミン……M七八星雲のヒーロー養成学校の教師

スズシロウ【ハヤト……不思議の森に住む少年】……ヒーロー養成学校の生徒

スズナ【瑠璃姫……森を手に入れようとする姫】……ヒーロー養成学校の生徒

モロボシ【カブレ……瑠璃姫の家来】

……ヒーロー養成学校の生徒
音響担当

★★★★

ヒーロー養成学校の生徒達が教室で勉強している。

ナレーター1　ここはウルトラマンの故郷・M七八星雲のヒーロー養成学校です。
ナレーター2　ヒーローの卵達が、地球で活躍するための勉強をしています。
ナレーター1　これからこの教室で始まるのは、演劇の授業。担当は、セーラームーミン先生です。
ナレーター2　彼らが使っている台本は『不思議の森のハヤト』。
ナレーター1　それでは、その授業をのぞいてみましょう。

教室で、劇の練習が始まろうとしている。セーラームーミン先生は椅子に座っている。スズシロウ、スズナ、モロボシが先生の前に立つ。

スズシロウ・スズナ・モロボシ　セーラームーミン先生。劇の準備ができました。
セーラームーミン　それじゃオープニング、ハヤトの台詞から始めましょう。

ハヤト【スズシロウ】、瑠璃姫【スズナ】、カブレ【モロボシ】が登場する。このシーンでは全員が手に台本を持ち、それを見ながら演技を行う。ハヤトと瑠璃姫が対峙する。カブレは瑠璃姫の後ろで武器を持って立っている。

セーラームーミン　音楽入れて。

音楽ＩＮ

セーラームーミン　ＯＫ。ハヤトの台詞「この森から出ていって」から。
ハヤト【スズシロウ】　この森から出ていって。
瑠璃姫【スズナ】　私が誰だかわかってるの？
ハヤト【スズシロウ】　誰なの？
瑠璃姫【スズナ】　私は瑠璃姫。
ハヤト【スズシロウ】　瑠璃姫？
瑠璃姫【スズナ】　（うなずく）さあ、鬼ごっこをはじめましょうか。鬼は私、逃げるのはハヤト、あなた。

ハヤト【スズシロウ】　瑠璃姫。どうしてお姫様らしく、お城で玉子様と暮らさないの？

セーラームーミン　ストップ。

劇が止まる。

セーラームーミン　スズシロウ。玉子様って何？

スズシロウ　（台本を示して）ここに……

セーラームーミン　よく見て。それは「玉子様」じゃない「王子様」よ。

スズシロウ　（あっ！）

セーラームーミン　お城に玉子様なんているわけないでしょ。

スズシロウ　すみません。

セーラームーミン　（全員に）いい、もし誰かが間違えたらフォローして劇を続けるの。観客が間違いに気がつかなければいいの。わかった？

みんな　はい。

セーラームーミン　それじゃ、次のシーンに進みましょう。音楽入れて。

音楽ＩＮ

セーラームーミン　オーケー。はい、ハヤトの台詞から。

ハヤト【スズシロウ】　小島だ、小島がないている。あなた方には聞こえないの、この声が。

カブレ【モロボシ】　ふふふ、聞こえるよ。小島だけじゃねー。田中も山本もないてる。

セーラームーミン　ストーップ！

劇が止まる。

セーラームーミン　スズシロウ！　小島がないてるって何？　小鳥でしょ。

スズシロウ　あっ！

セーラームーミン　こんな簡単な漢字、間違えないで。それとモロボシ！

モロボシ　はい。

セーラームーミン　その後の田中も山本もないてるってのは何？

モロボシ　フォローです。
セーラームーミン　森の中で、小島や田中や山本がないているのね。
モロボシ　はい。
セーラームーミン　（うっとりと）不思議な森ね。
モロボシ　ありがとうございます。
セーラームーミン　ほめてない！　森の中で小島や田中や山本がないてどうなるの？　それから先を言ってみて。
モロボシ　それから先は……
ナレーター1　それから先が知りたいみなさん、私達と一緒に小島や田中や山本がないている不思議の森に
ナレーター1・2　出かけてみませんか。

7 ヒーローシリーズ❹『それゆけ！アンポンタン』

■登場人物
ナレーター1・2
サタン酸性……ヒーロー養成学校の生徒
アンポンタン……ヒーロー養成学校の校長先生
セーラームーミン……ヒーロー養成学校の教師
ヒーロー養成学校の生徒達

★★★★

一人の少年とナレーター1・2が登場する。

ナレーター1　（少年を指して）彼の名前はサタン酸性。
ナレーター2　三世じゃないの？
ナレーター1　サタンは三世ではなく酸性なんだ。
ナレーター2　どう違うの？
ナレーター1　世の中には酸性のものとアルカリ性のものがあるだろ。
ナレーター2　あるね。
ナレーター1　僕は、人にも酸性とアルカリ性があると思うんだけど、その考えに、賛成？　それとも、アルカリ性？
ナレーター2　それってどう答えたらいいの？
ナレーター1　まずは、酸性とアルカリ性の確認からだね。
ナレーター2　アルカリ性。
ナレーター1　塩酸は？
ナレーター2　酸性。
アンモニアは？

ナレーター1　硫酸は？
ナレーター2　酸性。
ナレーター1　ルパンは？
ナレーター2　三世。
ナレーター1　そう、ルパンは酸性だ。
ナレーター2　でも、それは三世でしょ。
ナレーター1　あれ、僕の考えに反対？
ナレーター2　反対じゃないけど、
ナレーター1　反対じゃないなら、賛成ってことだよね。
ナレーター2　まーいっか。ルパンは酸性ってことに賛成する。
ナレーター1　あそこにいるサタンもルパンと同じなんだ。サタンはちょっと酸っぱい性格のサタン酸性。これから、ヒーロー養成学校の校長先生に抗議しに行くんだ。
ナレーター2　校長先生って？
ナレーター1　ほら、アンパンマンの親戚の、
ナレーター2　あー、アンポンタン。

サタン酸性が歩き始める。アンポンタン校長先生は教卓に座っている。サタン酸性がドアをノックする。

アンポンタン　入りたまえ。

サタン酸性が校長室に入る。

サタン酸性　アンポンタン校長先生。
アンポンタン　何だね、サタン君。
サタン酸性　この質問に対しての僕の答え、なぜ×なんでしょうか？
アンポンタン　質問を読んでみなさい。
サタン酸性　『あくまで』という言葉を使って、文を作りなさい」
アンポンタン　君の答えは？
サタン酸性　「僕は、あくまで・す」、僕の答えにはちゃんと「あくまで」が入ってます。
アンポンタン　サタン君。それが正解なら、「『まさか』という言葉を使って文を作りなさい」という質問に、「僕は、まさかずです」と答えても正解になってしまう。
サタン酸性　（笑い出す）まさか！　僕は、まさかずではありません。
アンポンタン　それでは、「僕は悪魔です」と答えた君は、悪魔なのか？
サタン酸性　僕はヒーローになるためなら、悪魔にだってなります。

アンポンタン　サタン君、それはヒーローではない。ヒーローの姿を借りた悪魔だ。
サタン酸性　〇でしょうか。
アンポンタン　×だ。こんなことはサルでもわかる。
サタン酸性　校長先生、今「サルでもわかる」と言いましたね。ワオキツネザルでもわかりますか？
アンポンタン　サタン君。「サルでもわかる」というのは言葉の綾だ。
サタン酸性　言葉の亜弥？
アンポンタン　言葉の亜弥じゃない。綾だ。
サタン酸性　違いが、よくわかりません。先生、「言葉の亜弥」は、「言葉のメアリー」とどう違うんですか？
アンポンタン　昔からある日本語のいいまわしに、メアリーなんて名前が入るわけがない。
サタン酸性　そうでしょうか。
アンポンタン　もし、例外があるというなら、言ってみなさい。
サタン酸性　「壁にミミあり障子にメアリー」
アンポンタン　……
サタン酸性　このことわざにはメアリーという名前が入っています。
アンポンタン　サタン君。それはメアリーではない。
サタン酸性　キャサリンでしたか？「壁にミミあり障子にキャサリン」
アンポンタン　ありえない。
サタン酸性　「壁にミミあり障子にジェファーソン」
アンポンタン　サタン君。そこに入るのはキャサリンでもジェファーソンでもクリスティーナでもない。
サタン酸性　校長先生。僕、クリスティーナなんて言ってません。
アンポンタン　サタン君。そこに入るのは「目」、「目あり」だ。
サタン酸性　校長先生。やっぱりメアリーでよかったんですね。
アンポンタン　サタン君……
サタン酸性　〇でしょうか。
アンポンタン　×だ。
サタン酸性　（怒って）アンポンタン！
アンポンタン　なんだと。

　　そこにセーラームーミン先生とヒーロー養成学校の生徒達が登場する。

サタン酸性　アンポンタン校長先生。本題はこれからです。

答えてください。〇でしょうか×でしょうか。「地球で活躍するヒーローは、演劇を通して誰かを笑わせる力を身につけるべきである」

アンポンタン　×だ。ヒーローに、誰かを笑わせる力など必要ない。ヒーローに必要なのは相手を倒す戦闘能力だ。よって今後、演劇の授業は、戦闘能力を高めるための授業となる。演劇を担当する、セーラームーミン先生には辞めてもらう。

サタン酸性　校長先生は「あ・く・ま・で」×だと言うんですか。

アンポンタン　サタン君、それが「あくまで」の正しい使い方だよ。それでは、今度は私から君に質問しよう。君は、ヒーローになるためなら、本当に悪魔になれるのか。

サタン酸性　校長先生、それは言葉の綾です。

アンポンタン　……

サタン酸性　アンポンタン校長先生。忘れてしまったんですか、『それいけ！アンポンタン』に登場していた頃のあなたを。

アンポンタン　……

サタン酸性　校長先生、答えてください。〇でしょうか×でしょうか。

アンポンタン　……

サタン酸性　『それいけ！　アンポンタン』の主人公・アンポンタンは、不可能と思えることにチャレンジするヒーローだった。

アンポンタン　……〇だ。

サタン酸性　アンポンタンの夢は、あまりにもばかげていたので、みんなからアンポンタンとバカにされた。

アンポンタン　……〇だ。

サタン酸性　アンポンタンの夢は、自分をアンポンタンに見せることでみんなを笑わせて、元気の輪を宇宙全体に広げることだった。

アンポンタン　……〇だ。

サタン酸性　アンポンタンは、みんなからどれだけアンポンタンと言われても、みんなが×だと言う彼の夢を、なんとか〇にしようと努力するアンポンタンだった。

アンポンタン　………〇だ。

サタン酸性　僕はそんなアンポンタンが大好きだった。

アンポンタン　……

サタン酸性　……〇です。

アンポンタン　……

サタン酸性　アンポンタン校長先生。セーラームーミン先生とヒーロー養成学校の生徒達は、演劇でヒーロー活動をしようとしているアンポンタンなんです。病気で入院している人、地震や洪水の被害でつらい思いをしている人、戦争でもがき苦しんでいる人を、劇から生まれる笑いで元気にしようとしているアンポンタンなんです。戦いではなく、笑いで元気の輪を宇宙全体に広げようとしているアンポンタンなんです。僕が大好きな、アンポンタンなんです。

アンポンタン　……（昔を思い出す）

サタン酸性　それいけ　アンポンタン！

セーラームーミン&ヒーロー養成学校の生徒達　それいけアンポンタン！

アンポンタン　劇で誰かを笑わせたいなら、その笑いで元気の輪を広げたいなら……

ナレーター2　ねっ、この後アンポンタン校長はどんなことを話したの？

ナレーター1　それは、これを観ている人の想像に任せたいって思うんだ。

ナレーター2　そっか……

ナレーター1　みなさんは、アンポンタン校長先生はこの後どんなことを話したと思いますか。

ナレーター1　それではみなさん。いつの日かまた

ナレーター1・2　お会いしましょう。

SHO-GEKI の勧め（紙上インタビュー）

――単刀直入に質問させていただきます。SHO-GEKI とはいったいなんですか？

斉藤 SHO-GEKI はショウゲキと読みます。この本のタイトルにもなっている『バタフライ』も SHO-GEKI の一つです。SHO-GEKI には、四つの意味が含まれています。

――一つ目の意味はなんですか？

斉藤 小さい劇という意味の「小劇」です。一つ一つのパートは三分～五分の短い劇、つまり「小劇」です。そして、それが集まった全体も「十分～二十分程度の短い劇」＝「小劇」なんです。

――SHO-GEKI の二つ目の意味はなんですか？

斉藤 歌やダンス、パントマイムなどの Show で創られる劇という意味の「Show 劇」です。英語でパフォーミングアーツと呼ばれている表現活動を使った劇です。

――ミュージカルのように、劇の中に歌やダンスを組み込むんですか？

斉藤 そうしてもいいんですが、それはハードルが高すぎます。私達は歌とダンスを独立したパートとして SHO-GEKI の中に組み込んでいます。そうすることで、毎日の練習に組み込んでいる歌とダンスの取り組みを、そのまま発表に使えます。発表が目的となることで、練習に活気が生まれます。

――歌はどんな形で発表するのですか。

斉藤 ただ歌うだけだと味気ないので、ソロからデュエット、そして全員参加の合唱と変化をつけています。現在は、『ふるさと』『夏の思い出』『翼をください』『イマジン』『花は咲く』『いのちの歌』『やさしさに包まれたなら』『いつも何度でも』『アンパンマンのマーチ』など多数の持ち歌があります。半年に一度は新しい歌に取り組むようにしています。アカペラで歌うことも多いです。SHO-GEKI の発表場所である公民館や集会場にはピアノがないんです。でも、アカペラの合唱ならどこでも発表できます。

――なるほど。

斉藤 合唱を取り入れる最大のメリットは、全員が発表に参加できることです。運動部とは違う演劇部の魅力として私が大切にしているのは、全員がレギュラーになれることです。演劇部には控え選手は必要ありません。歌を取り入れることで、どんなに人数が多くても全員が舞台で発表できます。これってクールじゃないですか。

――でも、照明などのスタッフも大切ですよね。

斉藤 もちろん大切です。でも、私達が発表する小学校のステージや公民館の照明は、蛍光灯だけなんです。照明は交代で担当すればなんとでもなります。

――ダンスはどんな感じのものをやるんですか。

斉藤 ジャズダンス、クラシックバレエ、ヒップホップに新体操や器械体操の技を加えた創作ダンスを披露しています。振りを全部コピーすることは禁じ手です。今は、日本中のたくさんの生徒がダンスを習っています。けれど、そんな生徒の受け皿となる部活は多くはありません。演劇部が取り組みにダンスを加えることで、ダンスをやりたい生徒の受け皿になれます。演劇部は部員を増やせる、ダンスが好きな生徒は部活でやりたいことができる。これって、ウィン・ウィンですよね。

――SHO-GEKIの三つ目の意味はなんですか？

斉藤 観客に笑ってもらうことを目的に創られた劇・「笑劇」です。今回は紹介した七作品は、すべて「笑劇」の要素を含んでいます。私達の学校では、なるべくたくさんの部員が出られるコント形式を採用しています。プロのネタを使うことは御法度です。私は、創作に挑戦したい演劇部顧問や生徒のみなさんに、笑劇創りをお勧めしたいのです。

――どうしてですか？

斉藤 創作に挑戦するということは、とっても素晴らしいことだと思います。しかし、創作デビューが三十分以上の劇というのは、ハードルが高すぎると思うんです。まずは、四分程度のコント創りから始めて、そこで腕を磨いてから長い劇に取り組んではいかがでしょう。大劇作家の井上ひさしさんもコントの創作で腕を磨いた後に、素晴らしい戯曲の数々を生み出しました。

――SHO-GEKIの四番目の意味は何ですか。

斉藤 なんらかの「衝撃」がある劇です。それって、不可能なことではないと思うんです。

――そんな体験があるんですか？

斉藤 私達が、誰かに衝撃を与えることができたかどうかはわかりません。けれど、私達自身が、逆に感動という衝撃を与えられたことは何度もあります。

――具体的に教えていただけますか？

斉藤 病院のクリスマス会での上演の後に届いた感謝の手紙を読んで、うれしい気持ちから、みんなで大泣きしたことがありました。感動を届けようとした自分達が、逆に感動で泣いてしまう。これってめちゃめちゃクールじゃないですか。

――部活動改革によって生まれ変わろうとしている部活にふさわしい、新しいクールかもしれませんね。最後に、一言お願いします。

斉藤　私達はSHO-GEKIを含めた自分達が取り組んでいる劇を「田舎のネズミの劇」と呼んでいます。卑下してそう呼んでいるのではありません。胸をはってそう呼んでいるんです。中学生の劇は、照明や音響をふんだんに使えるような「都会のネズミの劇」とは違います。でも、「田舎のネズミの劇」は「都会のネズミの劇」より劣るものでは決してありません。私は「田舎のネズミの劇」が宝石よりも美しく輝く瞬間に、今まで何度も立ち会ってきました。そこには勝ち負けとか賞が生み出すクールとは全く違った種類のクールが存在するんです。みなさん、私達と一緒に、SHO-GEKIで新しいクールを生み出しませんか。そして、それを広めていきませんか。

上演を希望する方へ

本書掲載の脚本の上演を希望される方は、著者まで必ずご連絡ください。

ご連絡は、以下の項目を記入し、メールでお願いいたします。メールで上演許可をお届けします。

小・中学生が教育目的で上演する場合、著作権使用料は免除されますが、著作権尊重の観点から、下記の内容を必ず提出してください。

■著者連絡先　oo-ruri@nifty.com

■記入事項

①上演団体名
②　同　所在地
③　同　電話番号
④　同　責任者氏名・立場（演劇部顧問・部活動指導員・生徒・保護者・劇団関係者等）
⑤上演脚本題名
⑥上演目的・形態（〇〇大会、演劇部校内発表、文化祭学校劇・学年劇[〇学年]・学級劇 等）
⑦上演期日
⑧上演回数
⑨会場名
⑩その他　脚色・潤色等の有無(題名を変える、ラストを別のドラマに変える等の大幅な改変がない限りすべて許可しています。制限時間内に上演するためのカットも行ってけっこうです。)
入場料の有無（入場料を取る場合は具体的な金額を記入してください）など

＊大会の規約等で作者の署名・捺印等のある許可書が必要な場合は、「⑩その他」の項に、その旨ご記入ください。

＊著者の指導した上演の映像については、肖像権等の理由から公開していません。
なお、久喜市立久喜中学校演劇部が演じた『ふるさと』を記録した映像ＤＶＤは、株式会社ジャパンライム社から発売されています。

■著者プロフィール

サイトウトシオ（斉藤俊雄）

ドラマクリエイター＆劇作家
埼玉県久喜市部活動指導員（演劇）
【受賞】晩成書房戯曲賞・特賞『降るような星空』、第16回創作テレビ脚本公募（ＮＨＫ後援）佳作一席『夏休み』、フジテレビヤングシナリオ大賞最終選考『ときめきよろめきフォトグラフ』
【著書・ＤＶＤ】斉藤俊雄作品集『夏休み』、斉藤俊雄脚本集２『七つ森』、斉藤俊雄脚本集３『ふるさと』（以上、晩成書房）、中学校演劇シリーズDVD 舞台『ふるさと』、部活動指導DVD『感情に台詞を乗せる！即興を活かした演劇指導術』、『斉藤俊雄の 私の脚本のつくりかた教えます〜演出の可能性を引き出す！学校演劇のための脚本づくり〜』（以上、ジャパンライム社）

緑・花文化の知識認定１級

ホームページ「七つ森」https://www.nanatsumori.art/

バタフライ
サイトウトシオ DRAMA Selection

二〇二四年 三 月一五日 第一刷印刷
二〇二四年 三 月二五日 第一刷発行

著　者 斉藤俊雄
発行者 水野 久
発行所 株式会社 晩成書房
●101-0064 東京都千代田区神田猿楽町二―一―一六
●電　話 〇三―三二九三―八三四八
●ＦＡＸ 〇三―三二九三―八三四九
印刷・製本 株式会社 ミツワ

乱丁・落丁はお取り替えします
ISBN978-4-89380-523-2 C0074
Printed in Japan

斉　藤　俊　雄　作　品　集

中学校演劇脚本

夏休み

シリーズ・七つ森の子どもたち

■収載作品■

夏休み

青空

なっちゃんの夏

ときめきよろめきフォトグラフ

降るような星空

春一番

定価 2,000 円＋税
ISBN978-4-89380-376-4

晩成書房

斉藤俊雄作品集 2

中学校演劇脚本

七つ森

シリーズ・七つ森の子どもたち

■収載作品■

七つ森

とも

怪談の多い料理店

ザネリ

魔術

森の交響曲（シンフォニー）

定価 2,000 円＋税

ISBN978-4-89380-424-2

晩成書房

斉藤俊雄作品集 3

中学校演劇脚本

ふるさと

シリーズ・七つ森の子どもたち

■収載作品■

ふるさと

アトム

Happy Birthday

赤と青のレクイエム

夏休み ［戦後七十年改訂バージョン］

私の青空 ［『青空』戦後七十年バージョン］

ずっとそばにいるよ

定価 2,200 円＋税

ISBN978-4-89380-466-2

晩成書房